KB020028

# 공정거래위원회 6

2023년 12월  7일 초판 1쇄 인쇄
2023년 12월 12일 초판 1쇄 발행

**지은이** 현우
**발행인** 강준규

**기획** 이기헌 왕소현 임동관 박경무 강민구 조익현
**책임편집** 금선정
**마케팅지원** 이원선

**발행처** (주)로크미디어
**출판등록** 2003년 3월 24일
**주소** 서울시 마포구 마포대로 45 일진빌딩 6층
Tel (02)3273-5135 Fax (02)3273-5134
**홈페이지** rokmedia.com  **E-mail** rokmedia@empas.com

ⓒ 현우, 2023

값 9,000원

ISBN 979-11-408-1425-1 (6권)
ISBN 979-11-408-1419-0 04810 (세트)

이 책의 모든 내용에 대한 편집권은 저자와의 계약에 의해
(주)로크미디어에 있으므로 무단 복제, 수정, 배포 행위를 금합니다.

작가와의 협의에 의해 인지는 생략합니다.
잘못된 책은 구입처에서 바꾸어 드립니다.

ROK
MEDIA
로크미디어

...질 끝판왕 사망

한명그룹
김성균 본부...

현우 현대 판타지 장편소설 6

# 공정거래
# 위원회

# Contents

질 끝판왕 사망

한명그룹
김성균 본부장

직무교육

"진짜로 별건수사 안 할 거냐?"

"네."

"웬일이야. 이놈이 횡령한 연구비 탈탈 털면 집행유예도 무리 없겠는데."

"어차피 실형 아니면 하나 마나 한 처벌입니다. 교수직 파면으로 충분한 처벌은 했다 봅니다."

"이거 원 믿을 수가 있어야지. 무슨 꿍꿍이야?"

"정말 이게 전부입니다. 한 교수가 논문 자진 철회한 점, 정상참작하겠습니다."

청운대가 과징금에 승복하며 사건은 무사히 마무리되었지만, 오 과장은 떨떠름한 얼굴을 감추지 못했다.

지금이야말로 공정위가 재미 볼 수 있는 대목 아닌가?

조사 과정에서 발견된 횡령, 허위 하청 비리는 훌륭한 전리품들이다. 한 교수의 추잡한 만행이 증명될수록 조사 실적도 커진다.

하지만 놈은 막판에 기소를 포기해 버렸다. 왜 그랬는지는 대충 짐작이 간다.

논문 기여도는 법원이 판단하기 어려운 애매한 문제다. 학생들의 처지를 감안한 것이겠지.

평소 실적 욕심 없는 모습을 비추어 볼 때 그리 이상한 결심도 아니었다.

"나라면 뒤통수쳤다."

"예?"

"한 교수 엉뚱한 짓 한다며. 죄는 인정하는데 파면 결정엔 승복 안 한다고? 이런 놈들 뭐 예쁘다고 정상참작을 그대로 들어줘."

말은 그리했지만 오 과장은 이미 서류를 덮었다.

적당한 선에서 마무리한 결과에 흡족한 얼굴이었다.

"농담한 거니까 괜히 이상한 생각은 말고."

"네. 흐흐."

"고생했다. 큰 사건 접수된 거 없어서 당분간 일 없을 거야. 4월 초순에 직무교육 있는 건 들었나?"

"네. 본청에서 가상화폐 관련 교육을 한다고."

"요즘은 이게 아주 유행인가 봐. 종합국에도 피해 사례가 종종 접수되네."

준철은 살짝 어두워진 얼굴로 조심히 물었다.

"과장님. 혹시 또…….

"걱정하지 마. 괜히 또 팀장들 뽑아서 발표시키고 그런 자리 아니니까. 그냥 교장 선생님 훈화 말씀 한번 듣는 자리라 생각해."

준철은 가슴을 쓸어내렸다.

연수, 교육, 발표. 이제 이런 단어들은 듣기만 해도 경기가 일어날 것 같다.

특허 관련 발표할 땐 갑자기 위원장님이 앉아 계시고, 해외연수에선 연방거래위원장이 앉아 있지 않았나.

졸지만 않으면 되는 교육이 이토록 반가울 수가 없다.

"아니다. 걱정은 내가 해야지. 너 또 괜히 교육 간사한테 이것저것 물어봐서 눈총받는 거 아니냐?"

"아닙니다. 저도 입 다물 땐 잘 다 묻습니다."

"혹시 모르니까 넌 맨 뒷줄에 앉아. 이거 원 불안해서 살 수가 없어."

"알겠습니다. 꼭 뒷줄에 앉겠습니다."

오 과장은 흐흐 웃으며 서류를 돌려줬다.

"고생했다. 이 팀장."

큰 사건 없을 거란 오 과장 말대로 3월은 순탄하게 지나갔다.

공정위에 접수된 제보 자료를 검토하는 게 일의 전부였다.

다만 4월의 여의도는 정말이지 일에 집중하기 힘든 계절이었다.

여의도 전역에 퍼진 벚꽃들이 사람 마음을 살랑살랑 흔들어 놓지 않겠나.

한강 주변은 나들이객들로 문전성시를 이뤘다.

불꽃놀이가 예정된 날이면 주중 오후부터 일대에 발 디딜 틈이 없었다.

마침 일도 없는 종합팀은 한산하게 이 여유를 즐겼다.

때론 취하기도 했다.

혼란을 틈타 점심에 반주도 마셨고, 미세먼지가 없는 날엔 아예 한강 근처로 피크닉도 갔다.

그리 보면 회사원이나 공무원이나 크게 다를 것 없다. 신입사원 때 대리들 따라서 참 사우나 많이 갔었는데.

펑~ 펑~ 펑!

그렇게 벚꽃이 모두 시들었을 무렵.

여의도에선 아쉬움을 달래려는 듯 불꽃 축제가 열렸고, 어느 때보다 많은 가족 관광객들이 찾았다.

"에휴. 좋은 시절 다 갔네요. 내일 직무교육 이후엔 다시 바빠질 것 같은데."

"그러게요."

"팀장님은 뭐 약속 없으세요? 저런 건 애인이랑 같이 봐야 즐거운데. 흐흐."

"글쎄요…… 먼저 들어가세요. 전 세미나 교육 자료나 좀 보다 들어가겠습니다."

혼자 남은 준철은 멍한 얼굴로 불꽃놀이를 감상했다.

사실 불꽃놀이보다 그걸 보는 가족 관광객들에게 더 눈이 가는 밤이었다.

'……'

만약 그렇게 살지 않았더라면.

저 불꽃놀이를 함께 감상할 수 있었을까?

'……'

최근에 너무 여유로운 일상이 계속됐나 보다. 차라리 일에 치여 사는 일상이 나은 것 같다.

설령 그게 죄책감으로부터의 도피일지라도.

৩

[가상화폐의 현실과 미래 전망]

−사례1. 코인 거래소 먹튀 사건

-사례2. 불법 총판

"오늘 교육 자료가 무지하게 살벌하네요."

"그러게. 요즘 이쪽 업계 왜 이렇게 어수선하냐."

"4년 새 시장이 200배나 커졌답니다. 요즘엔 공정위에 피해 신고도 엄청 많아졌대요."

"옌장. 이러다가 조만간에 뭐 하나 맡는 거 아니야?"

"에휴— 그때 몇 개 사 뒀으면 이런 고민 안 해도 되는데."

직무교육 당일.

벚꽃놀이의 여운이 아쉬웠는지 본청에서 큰 축제를 열어주었다. 무시무시한 주제를 암시한 교육은 직원들로 문전성시를 이뤘다.

직무교육은 분기마다 있는 행사로, 교장 선생님 훈화 말씀 같은 거라 들었는데 세미나 주제를 보면 꼭 그런 게 아닌 것 같다.

"어, 이 팀장 왔네. 자리 맡아 놨다. 여기 앉아."

교육관에 도착하니 오 과장이 마중(?)을 나와 있었다.

"설마 제가 앞에 앉을까 봐 와 계신 겁니까."

"겸사겸사. 저 앞엔 특수거래과가 앉아야 돼. 교육 자료 읽어 봤어?"

"네. 사례 중심으로 나와 있더군요. 근데 과장님."

준철은 뜸을 들이다 물었다.

"얼핏 보면 이거 다 금감원 업무 같던데…… 왜 저희를 교육시키는 겁니까?"

"감시 사각지대가 심하다더군."

"사각지대요?"

"불법 총판들이 전부 뒷광고 때려서 회원들 모았잖아. 코인 거래소 약관도 다 엉망이고."

"아……."

"그리고 이놈들 영업 방식이 다 불법 다단계야. 총판은 회원들 다 사설 거래소로 유인하고, 거래소는 날라 버리고 아주 개판이지. 변종 범죄가 많아져서 우리도 교육받을 필요는 있어. 모르는 거 있음 다 나한테 물어봐."

오 과장은 무척 친절하고 세세하게 대답해 주었다.

예측을 불허하는 놈이다. 본교육 때 이상한 질문을 못 하게 막아야 한다.

"뭐 변종 화폐나 유사 사례 궁금한 거 없어?"

"네. 없습니다."

"또 내 뒤통수치지 말고 그냥 다 물어봐."

"과장님. 저 진짜 이런 분야는 관심 없습니다. 걱정 마십쇼."

그렇게 투닥거리고 있을 때.

교육 간사가 등장하며 교육관이 일순간 조용해졌다.

―안녕하십니까. 교육 간사 박수호입니다.

무시무시한 주제를 예고했던 교육이 시작되었다.

☙

"가장 큰 문제점은 시장 규모가 너무 가파르게 성장하고 있다는 겁니다. 제도가 이를 따라갈 수 없을 만큼."

고리타분할 것이라 예상했던 것과 달리 직무교육은 흥미로웠다.

흥미로운 정도가 아니라 PPT에서 눈을 뗄 수가 없을 정도다.

가상화폐가 급성장하며 이 업계는 사실상 무법지대라고 한다. 눈 뜨고 일어나면 새로운 화폐가 생겨나 있고, 그다음 날엔 그게 또 없어지기도 한단다.

규제가 없으니 통정거래, 선취매매, 작전거래 등 감히 주식시장에선 구경도 못 해 볼 범죄들이 판을 치고 있었다.

"문제는 이 왜곡된 정보들이 전부 스트리머들을 통해 확대, 재생산되고 있다는 겁니다."

PPT가 넘어갔다.

"이게 저희가 적발한 가장 최근의 사건입니다. 인터넷 방송인 A씨가 한 사설 거래소를 홍보했어요. 하지만 이 사설 거래소는 그래프 업체였습니다. 거래 체결 내역 등이 모두 다 거짓이었죠."

공정거래
위원회

고객은 계좌에 입금하고, 일반 주식거래처럼 거래를 한다.

하지만 그래프만 보일 뿐 사실 거래되는 내역은 없다.

"보통 가상화폐 투자자들이 돈을 잃는단 점을 악용해 벌인 행각입니다. 고객이 가진 가상화폐가 올랐다면 당연히 먹튀로 이어지겠죠."

그리고 보니 한 뉴스가 떠올랐다.

미국판 로또인 슈퍼볼을 사 주겠다고 직구 사이트를 열었는데, 그게 실은 다 가짜 구매였지 않나.

어차피 될 확률보다 안 될 확률이 압도적으로 높으니 중간에서 가로챈 것이다.

낯선 범죄가 주는 흥미에 준철은 한시도 눈을 떼지 못했다. 웬만한 범죄는 전생에 다 짓고 살았다 생각했는데 역시 세상은 늘 발전하는 모양이다.

간사의 교육이 다 끝났을 땐 아쉬운 마음마저 들었다.

"어려운 얘기 끝까지 경청해 주셔서 감사합니다. 서울 사무소 직원들은 열의가 대단한 것 같군요. 한 분도 안 졸고 교육을 마친 건 처음입니다."

"하하."

"마지막으로 혹시 질문 있으십니까?"

흥미로운 시간이었는지 주변 반응도 나쁘지 않았다.

하지만 이때.

불쑥 한 사내가 손을 들었다.

"아, 안녕하십니까. 특수거래과 김민호 팀장입니다."

쭈뼛쭈뼛 일어선 남자는 또래로 보였는데, 창백한 얼굴이 훤히 보일 만큼 긴장하고 있었다.

"여쭤보고 싶은 게 있는데요…… 가상화폐 말고 다른 디지털화폐 범죄 사례는 없습니까?"

"다른 디지털화폐라 함은?"

"이를테면 포인트 제휴 업체들이요. 최근엔 통신사 제휴 포인트처럼 혜택을 주는 업체들이 많이 생겨났습니다. 고객들이 포인트를 사면 이를 현금처럼 쓸 수 있죠."

"그와 관련한 사례는 없었습니다만. 그건 왜 물으시죠?"

"그럼 저희가 직권조사를 한번 할 필요가 있다 생각합니다."

"네?"

"사실 이건 가상화폐보다 더 위험합니다. 코인은 투자의 개념이지만 포인트는 환금의 개념이거든요. 모두들 현금이라 생각합니다. 근데 현재 대부분의 포인트 업체들은 실체가 없고 수익원도 없습니다. 영업 방식이 완벽한 다단계입니다."

사내의 말이 조금씩 거칠어지자 사람들이 웅성거리기 시작했다.

간사의 얼굴도 조금씩 일그러졌다.

"뭐…… 저희에게 건의를 주시는 건가요?"

"네. 실무진이 조사 기획을 올렸을 때 본청에서 적극적으

공정거래
위원회

로 검토를 해 주셨으면 합니다. 수상한 기업이란 걸 알면서도 손 놓고 있어야 할 때가 너무 많습니다. 법적 근거가 애매하다, 공정위 소관이 아니다라는 이유로."

교육 간사가 이글거리는 눈빛을 보냈지만 김민호는 작심한 듯 말을 이었다.

"다단계나 폰지 사기는 터질 때 크게 터집니다. 이에 이르기까지 증후는 잘 보이지 않고요. 본청에서 저희 실무진의 보고를 더 적극적으로 검토해 주십쇼."

모두들 입을 다물지 못하고 눈만 끔뻑였다.

한마디로 본청한테 일 좀 제대로 하라 다그친 것 아닌가.

미쳐도 단단히 미친 게 틀림없다.

질 끝판왕 사망

한명그룹
김성균 본부장

명백한 다단계

"이게 웬 개망신이야!"

직무교육이 끝난 직후.

특수거래과 팀장들은 줄집합을 당했다. 어물전 망신은 꼴뚜기가 다 시킨다더니 망신도 이런 망신이 없다.

"네가 올린 기획안 허락 안 해 줬다고 이렇게 똥칠을 해?"

송 과장은 길길이 날뛰며 꼴뚜기를 노려봤다.

"김 팀장. 한 사람 때문에 부서 전체가 이런 망신을 당하는 게 맞아?"

"송구스럽습니다. 하지만 꼭 필요한 건의였습니다."

"뭐?"

"바이포인트…… 정말 실체가 없는 회삽니다. 수익원이 없는데 소비자들에게 퍼 주기만 해요. 이건 다단계입니다."

김민호는 창백한 얼굴로 말까지 더듬었다. 하지만 고집을 꺾을 생각은 없어 보였다.

송 과장은 어이없는 얼굴로 교육 자료를 팽개쳤다.

"소비자한테 혜택을 안 주면 안 줬다고 지랄. 퍼 주면 퍼 줬다고 지랄. 공정위에서 일하니까 세상이 다 부당하게 보이지?"

"그게 아니라."

"그럼 가상화폐는 어떻게 설명할래. 이것도 수익원 없어. 누가 지급 보증을 해 주는 것도 아니야. 근데 사람들은 못 사서 안달이네."

"……."

"김 팀장 잣대로 보면 이것도 다단계 아니야. 이거 수사해야 돼?"

김민호는 고개를 수그렸다.

바이포인트는 수익원이 없는 회사로 고객들에게 돈을 퍼 주는 업체였다. 신규 가입자를 끌어들여 기존 가입자에게 배당금을 주는 폰지사기와 너무 닮았다.

하지만 지금 세상은 이보다 더한 기행이 펼쳐지고 있었다. 세계적인 석학들도 가상화폐가 왜 오르는지 이유를 못 대는 세상이다. 아낌없이 퍼 주는 포인트 업체도 이런 세계관에선 딱히 이상할 게 없었다.

"다른 팀장들 생각은 어때. 우리 벌써 이 문제 가지고 세 번이나 회의했잖아."

"······디지털 화폐 시장은 기존 시장 문법으로 이해하기 힘 든 부분이 있습니다."

"······당장에 수익원은 없지만, 고객을 먼저 확보한 후 수 익 사업을 진행할 가능성이 크죠."

"······문제가 있다고 볼 순 없습니다."

동료 팀장들에게 확인사살을 당하자 김민호의 머리가 땅 끝까지 처박혔다.

"김 팀장. 이게 우리 특수거래과의 결론이야. 나 혼자 네 기획안 묵살시킨 게 아니라 우리가 거듭된 회의 끝에 도달한 결론이 이거라고."

"······."

"같은 안건 가지고 세 번이나 회의에 부친 적 없다. 너는 왜 네 말 들어 달라면서 남의 말은 안 듣지?"

"한 번만······ 조사하게 해 주십쇼."

"뭐?"

"제가 직접 바이포인트 대표 만나 보고 싶습니다. 회사 재 무제표랑 질의 몇 개만 하고 끝내겠습니다."

또다시 엉뚱한 대답이 나왔을 때, 송 과장은 더 이상 분개 하지 않았다.

말로는 설득할 수 없는 구제불능이다. 체념할 수밖에.

"우 팀장, 최 팀장. 바이포인트 자료 인계받아."

"……예?"

"앞으로 바이포인트 전담 팀장은 두 사람이야. 다른 사람은 모두 손 뗀다."

"과, 과장님."

"그리고 김 팀장은 이번 주 안으로 시말서 가져와. 작년에 100억대 다단계 적발한다고 호들갑 떨다가 허탕 친 거 있지? 그때도 지금처럼 독단적으로 행동하다 실패한 것 같은데."

"그건……."

"내 생각이 짧았다. 그때 징계위 회부하고 엄중하게 경고했어야 돼. 그때 매를 아낀 결과가 오늘인 것 같다."

무어 항변할 새 없이 송 과장이 덧붙였다.

"모두 잘 들어. 몽둥이 하나 쥐고 있다고 막 휘두르면 그게 깡패 새끼지 경찰이겠냐."

"……."

"우리 조사권은 위험한 칼이야. 기업 조사할 때 신중에 신중을 기해야 해. 이걸 어기면 어떤 벌을 받게 되는지 두 눈 똑똑히 뜨고 지켜봐."

송 과장의 말이 끝났을 땐 숨소리도 들리지 않았다.

최소한 정직(停職) 이상의 중징계가 떨어질 것임을 암시한 말이다.

"막판에 십년감수했다. 세상에나. 무슨 깡으로 본청에 그런 건의를 하지?"

"그러게요. 얘기 들어 보니까 원래 그 사람 특수거래과에서 꼴통으로 유명하대요."

"꼴통?"

"네. 뭐 작년엔 100억대 다단계 업체 조사 들어갔다 허탕쳤다나 뭐라나. 업무 스타일이 완전 모 아니면 도래요. 성공할 때 크게 성공하고, 실패할 때 크게 자빠지고."

"듣기만 해도 피곤하네."

직무교육의 여운은 오래도록 가시지 않았다.

본청에게 도발적인 건의를 올렸던 김민호 팀장은 일약 스타덤에 올랐다.

행시 출신의 4년 차인 그는 진급에 목숨을 건 미친 사람이었다. 항상 큰 수사를 좋아하고 직진밖에 모른다고 한다.

"근데 대체 왜 저런데?"

"바이포인트라고 신종 업체가 있는데, 그게 조사 보류당했더랍니다."

"그게 뭔데?"

"그냥 전형적인 디지털 화폐예요. 통신사 할인처럼 제휴 맺은 가맹점에 포인트를 쓸 수 있게 하는 곳인데, 그게 좀 수상했나 봐요."

직무교육에서 들이받은 목적이 '공론화'였다면 확실히 성공한 건 맞다.

그의 기행으로 바이포인트란 업체가 공정위에서 널리 회자되었다.

이곳이 뭘 하는 회사며, 얼마나 사업이 커졌는지도.

"뭐…… 듣고 보니 다단계 냄새가 좀 나긴 나네. 수익 사업도 안 하는 업체가 고객들한테 어떻게 그리 퍼 줄 수 있어?"

"근데 요즘 이런 업체가 한두 갭니까. 그냥 적당히 세상이 달라졌구나 하고 이해해야지."

"특수거래과도 같은 안건으로 세 번이나 회의를 했대요."

"그럼 그놈이 잘못한 거 맞네. 회의에서 보류 결정 났으면 자기도 승복해야지."

김민호에 대한 동정 여론은 없었다.

회의 결과도 수용 못 하는 독단적인 놈. 자기 출세를 위해 마구잡이로 들쑤시는 놈. 이것이 공정위 직원들의 냉혹한 평가였다.

"어, 과장님."

"점심 먹고 복귀하는구먼?"

"네. 식사 맛있게 하셨습니까."

"나야 팀장들이 사고 안 치면 매일 맛있게 먹지. 요새 큰일 없다고 벌써 얼굴 좋아졌네."

얼굴만 좋아졌겠나.

엘리베이터 앞에서 불쑥 과장님을 만나도 부담스럽지가 않다. 이 평화가 얼마나 오래갈진 모르겠지만.

"요새 공정위 분위기 어수선하지?"

"네. 어딜 가도 그 얘기네요."

"그 친구 때문에 특수거래과는 완전 비상 걸렸더라. 그 얘기 듣고 내가 이 팀장한테 얼마나 고마웠는지 몰라."

"……저한테요?"

"응. 딱 너랑 똑같은 캐릭터잖아. 해야겠다 싶으면 모든 수단과 방법을 가리지 않는 거."

"저는 그 정도는 아닙니다."

"흐흐. 그래. 우리 이 팀장은 기획안 보류됐다고 본청한테 고자질은 안 하지."

어쩐지 앞으로도 그러지 말란 뜻으로 들린다.

"또 한번 맡은 수사는 어떻게든 수사 성과 내 오는 놈이고."

"네……."

"잘 부탁한다. 나는 그런 자리에서 팀장한테 저격당하는 거 상상만 해도 끔찍해."

"걱정 마십쇼, 과장님. 저 정말 그러진 않습니다."

"그래. 들어가 봐."

준철은 고개를 꼬박 숙이고 사무실로 복귀했다.

사실 어지간하면 공정위 뒷소문에 신경 안 쓰려 했는데 도통 그럴 수가 없는 분위기다. 어딜 가든 그 문제의 김 팀장 얘기뿐이지 않나.

공정위 과장들은 초비상사태였다. 조사 보류된 사건을 전부 재검토하고 팀장들 달래기에 들어갔다. 두 번 다시 벌어져선 안 될 쿠데타다.

"일이나 하자."

하지만 사무실에 들어섰을 땐, 전혀 예상치 못한 광경이 기다리고 있었다.

반원들이 초점 잃은 얼굴로 안절부절못하고 있었던 것이다.

뭐지 싶기도 잠시.

"아, 오셨군요."

준철이 들어서자 익숙한 얼굴의 사내가 불쑥 일어났다.

"이, 이렇게 불쑥 찾아 봬서 죄송합니다. 전 특수거래과 김민호 팀장이라고 합니다."

당황스러웠다.

귀한 분이 이 누추한 곳은 왜…….

"아, 예. 종합팀 이준철 팀장입니다."

"다름 아니라 제가 긴히 드리고 싶은 말씀이 있는데……."

"예. 말씀하세요."

"여긴 좀 그렇고. 혹시 따로 뵐 수 있을까요."

공정거래
위원회

준철이 난감한 얼굴로 고개를 돌리자 반원들이 온갖 수신호를 보냈다.

'절대 안 됩니다!'

'저거 시한폭탄이에요!'

"꼭 좀 부탁드립니다…… 이 팀장님."

하지만 매몰차게 거절하기엔 너무 절실한 얼굴이었다.

 

 

"말씀 많이 들었습니다. 이 팀장님은 올해의 공정인상도 타셨다고요."

"하하…… 운이 좋았습니다."

"2년 차 때 그 상 타는 건 결코 운이 아니에요. 정말 대단하십니다."

무슨 용건인진 모르겠지만 부탁을 하러 온 게 틀림없다.

김민호는 장황한 칭찬을 늘어놓으며 한껏 준철을 추켜세웠다. 본의 아니게 갑이 된 것 같아 마음이 좋지 않다. 칭찬이 부담스럽기도 했고.

"선배님. 그냥 편하게 말씀하십쇼. 저에게 하실 부탁이라도……."

김민호는 입술을 꾹 깨물었다.

염치 불고하고 찾아왔지만 그도 이 자리가 민망하긴 마찬

가지였다. 상대방이 얼마나 부담스러운지도 안다.

그래도 선배라 불러 주는 그 한마디 호칭에 눈물이 왈칵 쏟아질 것 같았다.

"뭐 제 사정은 다 아실 테니 그럼 짧게 말씀드리겠습니다."

"네."

"제가 예의주시하고 있는 업체가 하나 있어요. 혹시 아시나요?"

"바이포인트라고…… 얼핏 들었습니다."

"대강 아시는군요. 이 바이포인트에 현금을 충전하면 제휴점에서 물건을 10-20%씩 싸게 살 수 있어요. 그런데 영업 방식이 아무리 봐도 다단계입니다. 이 회사가 어떻게 돈을 버는지는 아무도 모르죠."

폰지사기가 의심된다는 건가?

"근데 우리 부서 사람들은 원래 요즘 이 업계가 다 그렇다고 문제가 없다 하네요. 그래서 부탁드립니다. 이거 한 번만 검토해 주시고, 본인 생각은 어떤지 말씀해 주실 수 있나요."

준철은 작게 한숨을 쉬었다.

"그럼 저도 하나만 여쭤봐도 될까요."

"네 말씀하세요."

"그렇게 주변 모두가 다 반대하는데 이렇게 나서는 이유가 뭡니까?"

정말 궁금한 부분이었다.

실적 욕심에 눈먼 팀장이라서?

아니다. 그런 부류들은 절대 이렇게 일 안 한다. 누가 봐도 될 것 같은 수사, 크게 터질 사건을 가져간다. 그런 부류들은 좋은 사건 배당받는 데 혈안이지, 절대 남들이 뜯어말리는 수사 진행시키려 안 한다.

"그냥 명백하니까요."

하지만 그의 입에서 나온 대답은 너무 허무했다.

"범행 수법이 너무 단순해요. 근데 공정위, 금감원, 경찰, 검찰. 왜 안 나서는지 이유를 모르겠어요."

"그게 전부인가요?"

"또 하나 있죠. 이놈들 사세가 무섭게 불었어요. 처음엔 가입자가 200명도 되지 않았는데 불과 4년 만에 회원수 100만 명, 운영금도 500억대가 넘어갔어요. 이 속도면 곧 1천억입니다."

"……."

"제가 좀 과장되게 말하면요. 이 기업 내일 당장, 아니 5분 뒤에 갑자기 부도 처리될 수도 있습니다. 그래도 정말 이상할 게 없는 회사예요."

그의 목소리에선 조바심이 느껴졌다.

"이 단순한 범행을 왜 아무도 안 나서는지, 정말 저는 이해할 수가 없습니다."

바이포인트.

젊은 사람들에게서 최근 유행하는 디지털 화폐로 일종의 문화상품권 같은 개념이다.

1만 원을 충전하면 1만 2천 포인트를 충전해 줬는데, 이 포인트는 편의점, 카페, 프랜차이즈 등에서 현금처럼 쓸 수 있었다.

아무리 돈이 복사가 되는 시대라지만 이건 정말이지 가입 안 한 사람이 바보다.

막대한 요금을 내야 쓸 수 있는 통신사와 달리 모두가 가입할 수 있었고.

실적에 따라 혜택이 다른 카드와 달리 모두가 공평한 혜택을 받았다.

심지어 제휴 맺은 업체가 대부분 대기업 계열사다. 대한민국 전역에서 쓸 수 있어 현금과 다를 게 없었다.

편의성과 파격적인 혜택 덕에 바이포인트는 출시 4년 만에 회원 수 100만 명을 육박.

웬만한 코스닥 업체보다 큰 500억대 기업으로 성장할 수 있었다.

'만능 포인트네.'

사실 외연만 보면 크게 이상할 게 없는 회사다.

고객들에게 불만 사례가 접수된 것도 아니고, 회사는 폭발적으로 성장하고 있었으니.

거래 제휴점도 늘어나고 있었고, 결제에도 문제는 없었다.

'……응?'

그렇게 무념무상 서류 마지막 장을 넘겼을 때 문득 이상한 기분이 들었다.

'끝이야?'

내가 뭘 잘못 봤나?

준철은 자세를 고쳐 앉고 다시 첫 장으로 돌아왔다. 두 번째 검토가 끝났을 땐 살짝 당혹감이 들었다.

'……왜 이게 끝이지?'

보통의 제휴 포인트는 다 수익원이 있기 마련이다.

기업은 장기 고객을 유인하기 위해 여기서 난 이익을 '아주 조금' 소비자들에게 환원하는 것일 뿐이다.

하지만 이 바이포인트는 달랐다.

고객들에게 퍼 주려면 당연히 회사도 이윤 사업을 해야 하는데 눈을 씻고 찾아봐도 수익원이 없었다.

'……시장 선점을 위한 단기 적자.'

처음엔 그리 이해하려 애썼다.

일단 가입자부터 확보하고 그다음에 수익 사업을 할 수도 있는 문제다.

하지만 바이포인트는 가입자가 100만 명을 넘어가는 상황에서도 이렇다 할 사업 기획이 없었다.

수익 사업은커녕 수익 모델이 뭘지도 짐작이 가지 않았다.

'그래도 뭔가 있겠지…….'

세 번째 검토가 끝났을 땐 등에서 식은땀이 났다.

전망도 없는 회사가 어떻게 이리 퍼 줄 수 있는지 짐작 가는 게 있었다. 바로 새 가입자다.

새 가입자가 결제한 금액으로, 기존 손해를 충당하고.

그 손해는 또다시 새 가입자 유치로 충당하는 바로 명백한 다단계인 것이다.

'……이건 또 왜 이래.'

신고된 직원 명부를 봤을 땐 의심이 확신이 되었다.

바이포인트 대표는 김상원, 김상기라는 형제였는데 총 직원이 12명이었다. 그것도 모두 '김 씨' 성을 가진.

이건 굳이 전생의 김성균 경험도 필요치 않은 문제였다. 페이퍼 컴퍼니로 비자금 만들 때 가장 많이 쓰는 방법이 친인척 동원 아닌가.

기업에 '고용' 흔적이 보이지 않는 건, 비자금을 조성하고 있다는 가장 확실한 사인이다.

회사 내부 사정을 아무에게도 보이고 싶지 않다는 뜻이니.

그렇게 수차례 검토가 끝났을 땐, 어안이 벙벙했다. 한동안 충격에서 헤어 나올 수 없었다.

치밀한 범행 수법이면 수긍이라도 가지…….

이렇게 단순한 범행 수법을 왜 아무도 몰랐단 말인가?


─바이포인트…… 내일 당장 부도 처리돼도 이상하지 않을

회사예요. 감시 기관이 왜 이걸 못 잡았는지 이해가 되지 않을 정도로.

　그쯤 되니 불안감이 스멀스멀 피어올랐다.
　만약 이게 정말 문제가 있는 회사라면…… 이미 글렀다.
　이미 해외 계좌로 돈세탁 다 시켜 놨을 것이고, 현금화할 수 있는 돈은 모조리 다 숨겨 놨을 것이다.
　땅에다 금괴라도 묻어 놨다면 그걸 어떻게 찾는단 말인가.
　국정원도 못 잡는다.
　이쯤 되니 현실도피를 하고픈 생각이 들었다.
　그럴 리 없을 거야. 이 회사는 정상적인 회사일 거야.
　그렇게 믿고 싶을 정도다.

౿

　특수거래과 송 과장은 불쑥 찾아온 이 젊은 놈의 따귀를 때리고 싶었다.
　김민호의 돌발행동으로 이미 무능한 과장이 되어 있던 터였다.
　징계위를 여네 마네. 놈이 과거에 실패한 조사까지 들먹이며 겨우 잠재웠다 생각했는데, 엉뚱한 녀석이 나타나 갑자기 기름을 붓는다.

"그래서 하고 싶은 말이 뭔가?"

"바이포인트, 아무래도 폰지사기 같습니다."

"폰지사기가 뭔지는 알고?"

환영을 바라고 온 건 아니지만 이런 모욕적인 반응이 나올 줄이야.

"금융 다단계라 알고 있습니다."

"알긴 아는구먼. 근데 이 팀장은 관련 사건을 한 번이라도 맡아 본 적 있나?"

"물론 경험은 없습니다만……."

"그럼 경험 많은 내 말 들어. 이건 폰지사기 아니야."

툭.

송 과장이 기획안을 부메랑 날리듯 던졌다.

준철은 땅바닥에 떨어진 서류를 주우며 재차 말했다.

"과장님. 소속 부처도 아닌 제가 불쑥 찾아와 정말 죄송합니다. 하지만 그만큼이나 심각한 문제입니다."

"왜? 바이포인트한테 사기당했다고 소비자한테 신고 들어왔어? 아니면 바이포인트가 제휴 업체한테 결제 안 해 줬대?"

"……."

"무슨 심각? 대관절 무슨 이유로 가만히 잘 있는 기업 들쑤시겠대!"

송 과장의 언성이 단번에 커졌다.

그의 입장에서 보면 이해되는 반응이었지만 그래도 할 말은 해야 했다.

"수익원이 없는데 계속해서 고객들한테 퍼 주고 있습니다."

"그런 건 퍼 줬다고 표현하는 게 아니라, 투자했다고 표현하는 거야. 일단 회원들 확보하고 자리 잡으면 수익 사업 시행하겠지. 배달 시장도 이렇게 컸고, 소셜커머스도 이렇게 컸다."

"그럼 지금쯤 사업 윤곽이 나와야 하는 거 아닙니까."

"뭐?"

"배달 시장은 수익 모델이 뭔지 짐작이라도 됐죠. 여긴 회원수가 100만을 넘어가는데 아직도 뭐 하는 회산지 모릅니다."

송 과장은 잠시 말문이 막혔다.

포인트 제휴 업체가 무슨 수익 사업을 할 수 있을까?

김민호 팀장이 망아지처럼 날뛰었을 때 자신도 진지하게 고민해 본 문제다. 하지만 마땅한 모델이 보이지 않았고, 막연하게 그래도 뭔가 하겠지 싶은 결론에 도달했다.

하지만 지금.

서서히 그 근원적인 문제에 의문이 들기 시작했다.

제휴 포인트 업체…… 이런 게 어떻게 업체가 될 수 있는 거지?

"이건 사실 비슷한 사례도 많습니다. 중고시장에서 문화상품권 1천 원씩 싸게 팔다 나른 업자들. 이건 규모만 다르지 수법이 완전 똑같습니다."

어쩌면 그것 때문에 더 인정할 수 없었던 건지도 모른다.

이 단순한 범행 수법이 회원수 100만 명을 넘을 때까지 적발되지 않았다는 건 말이 안 되는 얘기다.

"좋아. 백번 양보해서 이 업체 폰지사기라 치자."

긴 상념에 잠겨 있던 그가 입을 뗐다.

"근데 바이포인트랑 제휴 맺은 업체들이 꽤 많거든? 편의점, 커피점, 음식점. 전부 다 이름 알 만한 대기업들이야. 자네 말대로라면 이놈들도 공범이겠네?"

이번엔 준철의 말문이 막혔다.

"……공범까진 아니지만 이들도 당했을 가능성이 큽니다."

"당해?"

"현재 디지털 화폐 시장이 혼잡한 건 사실이니까요."

"내가 아는 대기업들은 그렇게 허술한 놈들 아니야. 본인이 말하고도 뭔가 부끄럽지 않아?"

무어라 할 말이 없다.

사실 이 자료를 검토할 때 가장 걸렸던 점이다. 제휴 맺은 업체들이 다 기라성 같은 대기업들 아닌가.

공범이 아니면 당했다는 뜻인데, 그 어느 쪽도 납득이 되질 않는 정황이다.

준철이 대답을 못 하자 송 과장이 안도의 한숨을 내쉬었다. 다단계 업자들이 당국을 속일 순 있어도 천하의 대기업을 속일 순 없다.

놈의 현란한 말솜씨에 잠시 이성이 흔들렸던 거다.

"이 팀장, 내 단도직입적으로 말하지. 김민호 과욕에 함께 놀아나지 마."

송 과장은 다시 차가운 눈빛으로 돌아왔다.

"내 부하 직원이지만 너무 탄탄대로만 걸었던 친구야. 김 팀장도 부임 초기 때 자네처럼 실적 좋았어. 만지는 사건마다 백억 대 다단계였거든."

"……."

"그 영광에 아직까지 취해 있는지 최근엔 계속 허탕질이야. 천만 원짜리 다단계는 아예 사건 같지도 않나 봐. 부디 자네는 그러지 말라고."

지금 당장 수사 실적 좋다고 자만하지 말아라. 너도 곧 허탕 치는 날이 올 거다.

그런 경고로 들린다.

"과장님. 저 그럼 한 가지만 부탁드려도 될까요."

"부탁?"

"국세청에 세무조사 요청 한 번만 해 주십쇼. 회계 자료 확인되면 저도 끝내겠습니다."

"그거 봐서 뭐 하게."

"부채비율, 누적 적자가 얼마인지는 알아야지 않겠습니까. 바이포인트가 이 내용만 소비자들에게 고지하면 저도 더 이상 문제 제기하지 않겠습니다."

상식을 벗어나지 않는 부탁이었고, 크게 어려울 것도 없는 문제였지만 송 과장의 얼굴은 떨떠름하기만 했다.

"불순한 목적이 빤히 보이는데, 그걸 들어달라니."

"그것만 해 주시면……."

"이 팀장 사람이 좋은 말로 하면 왜 이렇게 못 알아먹어? 자꾸 중언부언 뭐 요구하지 말고 그냥 손 제대로 털어! 나 이 사건 이미 다른 팀장들한테 인수인계시켰고, 김민호 팀장은 안 맡는다."

"……."

"김민호한테 장단 맞춰 주지 마. 그만 나가 봐."

젠장. 오 과장님이었다면 그래도 이 정도는 허락해 줬을 텐데.

확인 차 기업 회계자료 정도는 검토해 볼 만한데.

완강한 목소리 앞에 준철도 결국 고개를 숙일 수밖에 없었다.

아무래도 송 과장은 이 사건에 이미 진력이 난 모양이다.

"……죄송합니다. 결례 많았습니다."

그렇게 참담한 심정으로 과장실을 나가려던 찰나.

허겁지겁 달려온 두 사내와 어깨가 부딪혀 버렸다.

"죄, 죄송합니다……."

겨우 어깨 부딪힌 게 이 정도로 사색이 될 일인가?

어쩐지 두 사람의 얼굴이 심상치 않았다.

"뭐야, 난 두 사람 부른 적 없는데 왜 이리 급하게 달려와. 김민호한테 인수인계 다 받았어?"

"과, 과장님 그게 아니라 좀 큰일 난 것 같습니다."

"큰일?"

"바이포인트가 부도 작업 시작한 것 같습니다."

앉아 있던 송 과장이 용수철 튕기듯 일어났다.

"뭐?!"

"제휴 업체 마흔 곳을 갑자기 두 곳으로 축소해 버렸어요. 사실상 포인트가 휴지 조각이 됐습니다."

"그, 그게 무슨 소리야?"

"……이거 폰지사기였던 것 같습니다."

늦장 대응

-이게…… 대체 뭐죠?

바이포인트 왜 제휴 업체가 갑자기 2곳으로 줄어들어요?

-저도 오늘 편의점에서 결제하려는데 갑자기 안 된다 하네요…….

-현 상황에 대해 잘 아시는 분 있나요?ㅠ

-지금 쓸 수 있는 2곳도 다 이상한 업체들이네요.

제휴 업체 이렇게 축소해도 되는 겁니까?

-진짜 미치겠네요. 100만 포인트 결제해 놨는데…….

-이건 명백한 사기다!

제휴 업체 이렇게 줄일 거면 가입 안 했지!

-이거 환불 못 받나요? 계약하고 다르잖아요.

-전 지인들한테 이거 엄청 홍보했는데, 졸지에 빚쟁이 됐어요. ㅠㅠ

―지금 바이포인트 본사 전화 먹통인데…….

―공정위에 연락해 봤는데요.

전화가 계속 먹통이에요. 소비자정책국에 연락하는 거 맞나요?

―저도 계속 민원 넣고 있습니다. 될 때까지 할 겁니다. 안 되면 공정위 다른 부처에 연락하세요.

―지금 공정위 전 번호가 먹통이던데…….

바이포인트는 마흔 개의 제휴 업체를 돌연 두 곳으로 축소해 버렸다.

전국 가맹점 20만 곳에서 쓸 수 있었던 포인트가 하루아침에 휴지 조각이 된 것이다.

가입자들이 부랴부랴 환불을 요청했으나 바인포인트 홈페이지는 이미 서버가 다운된 지 오래였다.

일부러 홈페이지를 닫은 건지, 갑자기 환불 신청자가 많아서 그런 건지 알 길이 없다.

졸지에 난민이 된 회원들이 민원 폭탄을 던지며 공정위, 금감원, 금융조사부의 홈페이지도 함께 먹통이 되었다.

"다들 일단 전화 받지 마! 한마디라도 허튼소리 해선 안 돼!"

특수거래과는 빗발치는 민원에 아예 전화기를 내려놓았다.

회원수 100만 명이 어떤 규모인지 비로소 실감이 든다.

이들이 전화 한 통씩만 돌려도 공정위 전 부서가 마비될 지경이었으니.

"우 팀장. 지금 그놈들 어디 있어?"

"대표 두 명에게 계속 연락해 봤습니다만 아직……."

"아직?"

"잠적한 것 같습니다. 다행히 아직 출국 기록은 없습니다."

송 과장은 눈앞이 깜깜해졌다.

바이포인트 대표 두 놈이 이 상태로 날라 버리면 회원들의 원성이 곧 자신들에게 향할 것이다.

"지금 그쪽 본사는 어때?"

"이미 영등포 일대가 마비될 정도라 합니다."

"뭐?"

"홈페이지가 다운돼서 회원들이 직접 찾아가 환불을 요구하고 있습니다. 한데 줄이 너무 많아 대부분 다 만나지도 못했습니다."

내일이 되면 이 줄은 더 길어질 것이다.

어쩌면 영등포에서 시작된 줄이 여의도까지 이어질지도 모른다.

"과장님. 일단 저희는 최악의 상황을 대비해 둬야 할 것 같습니다."

한 팀장이 그리 말하자 송 과장도 정신이 번쩍 들었다.

이제부턴 그간 미뤄 뒀던 얘기를 다 해야 한다.

"……이거 환불 규정 어때?"

"10%의 위약금을 제하고 돌려주도록 나와 있습니다."

"그럼 90%는 돌려준다는 거야?"

"네. 어디까지나 약관상으론…… 하지만 환불 요청이 저렇게나 많으니 현실적으로 무립니다. 아무래도 부도 수순에 들어갈 것 같습니다."

부도 처리.

이젠 이 사실을 아무도 부정할 수 없었다. 제휴 업체를 갑자기 축소해 버렸으니 바이포인트는 재기도 못 한다.

문제는 과연 고객들의 돈이 얼마나 남아 있느냐 하는 것인데…… 이건 안 봐도 어떨지 짐작이 간다.

"얘네…… 지금까지 누적 적자가 얼마지?"

"……."

"부채비율 아는 사람 있나?"

"……."

"왜 대답들이 없어? 우리 이 회사 가지고 이미 세 번이나 회의했잖아."

송 과장이 다그치듯 묻자 우 팀장이 조심스레 입을 열었다.

"국세청에 신고된 회계 내역이 있습니다만…… 의미 없을 겁니다. 어차피 이중장부 썼을 겁니다."

공기관에 신고된 내역은 모두 거짓말일 것이다.

공정거래
위원회

본장부가 어떤지 아무도 모른다.

"외람되지만 과장님. 우리 특수거래과에서 저 회사를 가장 잘 아는 사람은 김민호 팀장밖에 없습니다."

"……일단 징계 심사 뒤로 미루고 복귀시키지요."

"김 팀장이 올렸던 추정치가 어쩌면 현실일 수도 있습니다."

김민호는 이미 수차례 이들의 지출 내역과 경비 내역을 분석해 현 자산 상황을 분석했다.

그때는 허무맹랑한 계산이라며 면박 주기 바빴는데.

어쩌면 그게 가장 현실적인 숫자일지도 모른다.

송 과장은 다시 한숨을 내쉬었다.

사실 이미 김민호가 옳았다는 걸 인정할 수밖에 없는 단계다. 그놈이 꾸준히 문제 제기하지 않았으면 이제 막 무슨 회산지 파악에 들어갔을 거다.

하지만 그럼에도 대답이 떨어지지 않았다.

그렇게 진전 없는 회의가 계속될 때, 한 사내가 다급한 걸음으로 회의실에 들어왔다.

"과, 과장님. 국장님께서 회의 소집하셨습니다."

"뭐?"

"특수거래 전 팀장, 아니 소비자국 전 인력을 다 소집했습니다. 아무래도 브리핑을 요구하실 것 같은데……."

송 과장은 머리를 움켜쥐었다.

소비자국 전 인력이 소집되는 건 그리 흔한 일이 아니다. 업무와 무관한 인력까지 차출해야 할 만큼 상황이 급박하다.

당연히 눈앞이 깜깜해졌다.

이 단순한 범행이 어떻게 회원수 100만을 모았는지, 그때까지 특수거래과는 뭘 했는지…… 여기에 뭐라 답해야 한단 말인가.

송 과장은 낙담한 얼굴로 일어서다 옆에 눈길을 돌렸다.

"우 팀장. 김민호한테 인수인계받은 거 있지? 바이포인트 자료."

"아, 네."

"브리핑엔 그 자료 쓴다. 10장만 복사해서 위로 따라와."

"아, 알겠습니다."

"그리고 종합팀 가서 이준철이라는 놈 데려와. 일단 그놈이 제일 많이 알고 있으니 꼭 데려와야 돼."

송 과장 입에선 마지막까지 김민호란 이름이 나오지 않았다.

그건 자신의 무능을 스스로 증명하는 일이다.

❧

"부도 수순 들어간 거예요. 환불은 거의 다 안 받아 줄 겁니다."

소비자국 전체가 비상 소집되며 아비규환이 됐지만 김민호는 무덤덤한 얼굴이었다.

이미 예상하고 있던 결과 아니었나.

"김 팀장님. 일단 회의라도 가 보시는 게⋯⋯."

"껴 줘야 가죠. 오늘도 특수거래과 긴급회의하는데 나 안 불렀습니다."

"아니 왜⋯⋯."

"뭐 이제 와 나 부른다고 뭐 달라지겠어요. 차라리 내가 없었으면 싶을 겁니다."

문제 제기된 사건을 묵살한 것과, 처음부터 조사하지 않은 사건은 책임 소재가 다르다.

그것이 더 화가 났다.

송 과장은 자신의 과오를 인정할 기미가 안 보인다. 오히려 흔적 지우기에 바쁘지.

"죄송합니다, 괜히 저 땜에 욕보셨죠."

"아니에요."

"상황이야 어쨌든 난 이 팀장님한테 고마워요."

다들 미친놈으로 보기 바빴는데 혼자만 믿어 준 사람이다.

특수거래과에 이처럼 마음 맞는 사람이 있었다면 저 사태는 하루라도 더 빨리 막을 수 있었을 텐데.

준철은 조심히 화제를 돌렸다.

"지금 영등포 본사는 일대가 마비될 정도로 환불 요청이 빗발친다네요."

"네."

"그들이 환불해 줄까요?"

"어림없는 얘기죠. 돈세탁 싹 다 해 놨을 겁니다. 피해액? 절반이라도 찾으면 다행이에요."

준철이 조바심 난 얼굴로 물었다.

"방법이 없을까요?"

"피해를 막을 순 없어도 줄일 수는 있죠."

"줄여요?"

"지금이라도 당장 이 대표 형제들 구속하고 자산 찾아야 돼요. 현금화한 자산, 해외로 빼돌린 자산 전부 찾아야 합니다."

"이미 쓴 돈이 더 많을 텐데."

"어쩔 수 없어요. 이제부턴 얼마나 건지느냐 싸움입니다."

업무 얘기로 돌아가자 그의 목소리가 점점 격앙되어 갔다.

이젠 뭐 재고 따질 거 없이 문제 있는 기업이란 게 확인되지 않았나.

당장 출국 금지 걸고, 영장 치고, 자산 찾으러 다녀야 한다. 지금 이 순간에도 놈들은 돈세탁을 계속할 것이다.

한데.

이틀이 지나도 아직까지 윗선에서 이렇다 할 지시가 없다.

"솔직히 이런 놈들이 뭐 징역을 두려워하겠습니까? 몇 년 살다 나오면 꽁쳐 놓은 돈으로 평생 떵떵거리고 살 텐데."

"그건 그렇죠."

"주가조작, 다단계로 끌려 온 놈들은 다 똑같아요. 깜빵보다 돈을 더 무서워합니다."

금융 범죄 다룰 때 제일 무서운 게 이처럼 잃을 게 없는 족속들이다.

남들에겐 집행유예네, 실형이네 뭐네 협상할 수 있지만 이들에겐 협상이 안 통한다. 설사 징역 10년이 떨어져도 기꺼이 살다 나올 것이다.

"이 팀장님. 이 팀장님!"

두 사람이 한숨만 쉬며 있을 때. 최 팀장이 급하게 달려와 준철을 찾았다.

"여기 계셨군요. 잠깐 얘기 좀."

그는 옆에 있던 김민호 팀장의 따가운 시선을 애써 외면하며 자리를 피했다.

"무슨 일입니까."

"저희 국장님께서 소비자국 전체 비상 회의를 소집하셨어요."

"전 종합국인데요."

"종합국에도 인력 차출해야 할 만큼 상황이 긴박합니다. 종합국 국장님도 오케이하셨습니다."

확실히 사고가 크게 터지긴 했구나.

"알겠습니다. 그럼 전 저희 과장님과 가죠."

"아니…… 먼저 좀 와 주셔야 할 것 같은데."

"네?"

"국장님께선 브리핑을 요구할 모양이에요. 그래도 이 팀장님이 보충 조사하시고, 우리보단 아는 게 많을 테니 도와주십쇼."

준철은 기가 찼다.

나보다 더 잘 알고 있는 사람이 바로 코앞에 있는데, 왜 이쪽은 투명인간 취급하는 건지.

"그 부탁은 제가 아니라 김 팀장님께 하셔야죠."

"……예?"

"가장 잘 아는 사람이 필요하다는 거 아닙니까."

"그것도 그렇지만 김 팀장은 여러 가지 사정이 있어서……."

"무슨 사정요. 문제 제기가 누차례 있었다는 사정요?"

"이보세요, 이 팀장님. 꼭 이 마당에 우리랑 싸워야겠습니까. 일단 사태 수습부터 먼저 해야 할 거 아녜요."

"사태를 수습할 마음이 없어 보여 드리는 말입니다. 가장 전문가가 코앞에 있는데 안 찾으시는 거 보면."

준철은 고개를 저으며 자리를 피했다.

"알아서 하세요. 난 따로 가겠습니다."

이놈들은 김민호가 미울 것이다.

이미 문제 있다는 걸 알려 줬는데, 그걸 귓등으로 들은 게 이들이었으니.

그래서 더 가기가 싫었다. 사태를 수습하려면 지금이라도 잘못을 인정하고 대책을 논의해야 할 게 아닌가.

이딴 브리핑은 하나 마나 한 얘기만 되풀이한다. 자기들 잘못 아니라고 변명만 하다가 끝날 것이다.

사색이 된 최 팀장은 결국 고개를 끄덕였다.

"알겠습니다. 김 팀장과 함께 오십쇼. 지금 빨리요!"

—다음 소식입니다.

포인트 제휴 업체인 바이포인트가 갑자기 가맹점을 축소하며 업계에 파란이 일었습니다.

고객들은 즉각 반발하며 환불 요청에 나섰는데요. 인파가 몰려들며 본사 영등포 일대는 한동안 마비가 되었습니다.

김성현 기자가 전합니다.

—원스톱 서비스를 표방했던 바이포인트.

각종 제휴 할인을 하나로 묶어 편의성을 극대화하겠다는 게 이 서비스의 취지였습니다.

고객들의 반응은 뜨거웠습니다.

출시 4년 만에 100만 회원을 모으며, 알뜰족 필수템으로 자리매김했습니다. 하지만 사업이 성숙기에 이르자 이들은 곧 본색을 드러냈습니다.

"말이 안 돼요, 말이! 자기들 마음대로 갑자기 가맹점을 축소하는 게 어디 있어요? 그럼 내가 산 포인트는 어디에 쓰라고?"

"환불받으려고 춘천에서까지 왔는데, 관계자 만나 보지도 못했습니다. 난 내일 또 올 겁니다!"

─가맹점 축소 발표 당일엔 새벽부터 긴 줄이 이어졌습니다.

약관 규정에 따르면 90%를 환불하기로 되어 있으나, 사실상 부도 수순에 가까운 조치라 이것마저 요원해 보입니다.

대표 두 사람이 출근하지 않았단 사실이 알려지자 회원들은 경악을 금치 못했습니다.

"대표가 잠적하면 우리 돈은 대체 어떻게 되는 건가요?!"

"21세기에 이런 일이 일어난다는 게 믿기지가 않습니다!"

"솔직히 다 대기업들과 제휴 거래를 텄는데, 우리 같은 사람들이 이게 문제 있는지 어떻게 알아요. 이때까지 금융 당국 뭐 했습니까?"

─그렇다면 금융 당국의 설명은 어떨까요?

─(금감원) 엄밀히 말해 포인트를 금융 상품으로 볼 순 없습니다. 만약 가맹점을 축소한 게 문제면, 약관을 담당하는 공정위에게…….

─(공정위) 엄밀히 말해 이 사건은 약관보다 상품에 문제가 있다 볼 수 있겠습니다. 금감원과 금융조사부가…….

─(검찰) 전자상거래법 위반 혐의를 검토해 볼 수 있겠습니다만, 아직 고발이 들어온 게 없습니다. 이건 사실 시장 감시의 실패라 볼 수…….

─서로 책임을 떠넘기기에 급급할 뿐 뚜렷한 수사 계획을 발표하지 않고 있습니다.

이런 중에 회사 자산을 현금화할 것이란 우려가 더해지며 회원들의 혼란은 더욱…….

**공정거래
위원회**

뚝.

바이포인트 김상원 대표는 시끄럽게 떠들어 대는 뉴스를 껐다.

"우리가 멍청했다."

그는 후회하고 있었다.

"아직 회사에 20억 더 남아 있는데 그거까지 빼돌릴걸."

기업들 저승사자라더니 오합지졸이 따로 없다.

금융 당국은 아직 자초지종도 파악 못 했고, 서로 책임을 떠넘기기에 바쁘다. 저렇게 무능할 줄 알았다면 회삿돈을 더 빼먹었을 텐데.

"어떻게 지금이라도 좀 더 빼돌려 볼까."

"그만해, 형. 늘 그러다 일 그르친 거 몰라?"

"아이고— 우리 동생은 아직도 화가 다 안 풀리셨구만."

"가맹점 축소는 미국으로 뜬 다음에 발표해도 늦지 않았어! 이젠 어쩔 거야."

"가고 싶으면 지금이라도 가라. 꼴을 보아하니 출국금지는 내년쯤 돼야 나올 것 같다."

너스레나 떠는 형의 모습에 울화통이 터졌다.

"지금 나랑 말장난할 때야?"

"말장난은 지금 네가 나한테 하잖아."

"뭐?"

"상기야. 네가 뭐 정치적 신념이 안 맞아서 망명을 가냐?

아님 난민이야? 미국으로 튀어도 어차피 곧 끌려오게 돼 있어. 가서 대체 뭐 하게?"

형이 웃음기를 거두자 김상기의 입도 다물어졌다.

사실 이 모두 각오하고 벌인 한탕이다. 처음 목표는 50억이었지만, 금융 당국의 감시가 상상초월 느슨해 사업이 10배나 더 커졌을 뿐이다.

그래도 막상 심판의 날이 다가오니 심란한 건 어쩔 수 없는 모양.

쥐죽은 듯 조용해진 동생을 보며 형이 한숨을 내쉬었다.

"잘 들어. 우린 사기를 친 게 아니라, 단지 사업에 실패했을 뿐이야. 가입자들은 우리 회사에 투자를 한 건데, 투자금을 못 받았을 뿐이고."

"……그렇게 우겨도 실형 못 피한다며. 변호사가."

"이게 그나마 형량 줄일 수 있는 최선의 방법이야. 길어 봐야 5년이다. 우린 떳떳하게 죗값 치르고 남은 생 떵떵거리면서 살면 돼."

'떳떳하게'라는 말이 그나마 심란한 마음을 달래 준다.

이들은 4년 동안 치밀하게 해외 계좌와 차명계좌에 돈세탁을 해 왔다. 일가친척을 고용해 마치 회사에 지출이 생긴 것처럼 포장했고, 막대한 경비 처리를 시켰다.

이걸로는 불안했기에 어떤 돈은 아예 금으로, 현금으로 바꿔 놔 국정원도 못 찾게 대비를 해 놨다.

그 돈이 80억.

콩밥 몇 년 먹고 여생을 편안히 보내기엔 나쁘지 않은 돈이다.

"그럼…… 이제 우린 어떻게 해야 돼?"

"내일 부턴 회사 나가자. 대표가 사나흘 연속 잠적하는 건 모양새가 안 좋아."

"뉴스 못 봤어? 환불 요청으로 이미 영등포 일대가 마비래."

"그럼 가서 머리채 몇 번 잡혀 줘. 오히려 그 편이 더 나아. 우리가 이런 모욕을 견디면서도 회사 정상화시키려 노력했다, 이런 걸 보여 줘야지."

"형…… 우리 진짜 5년 안으로 받을 수 있는 거야?"

"부실 펀드 팔아먹은 놈들도 고작해야 7년 살고 나왔다. 그놈들은 몇천억대인데 우리가 그거보다 오래 살겠냐?"

계속해서 답답한 반응만 보이자 김상원이 결국 그 말을 꺼냈다.

"너 혹시나 해서 하는 말인데, 이상한 맘 먹지 마라."

"……."

"빼돌린 이 80억은 우리 노후 자금이야. 절대로 그 누구에게서도 한 푼도 들켜선 안 돼."

정식 수사가 시작되면 금융 당국이 온갖 회유를 할 것이다.

자백하면 봐주겠다, 회원들에게 돈 돌려주면 형량을 깎아주겠다.

당연하게도 절대 믿어선 안 될 소리다. 몇 년을 더 사는 한이 있더라도 이 돈은 10원 한 장 자백해선 안 된다.

"왜 대답이 없어?"

"아, 알겠어."

용기를 짜낸 대답이 불안만 더 키운다.

김상원은 현금이 가득 담긴 검은백을 챙겼다.

"이 돈 20억은 나한테 맡겨라."

"뭐, 뭐야. 반으로 나누기로 했잖아."

"누가 너 안 준대? 네 꼴 보아하니까 이거 차라리 내가 맡는 게 낫겠어."

"……."

"안전한 곳에 숨겨 놓고 너 상태 괜찮아지면 알려 줄게."

조금 불안하긴 했지만 우려는 크게 들지 않았다.

겨우 20억 때문에 핏줄 뒤통수를 칠 형은 아니다. 대충 어디에 숨겨 둘지도 예상이 갔고.

9시 뉴스가 끝나고 곧 10시가 되었지만 소비자정책국은 아무도 퇴근할 수 없었다.

비상 소집을 했던 국장님이 급히 금감원에 갔고, 이제 막 돌아오는 길이었기 때문이다.

평소라면 회의가 내일로 미뤄졌겠지만, 국장님은 친히 '빠짐없이 자리를 지키라'고 명령까지 내렸다.

여기엔 종합국도 예외가 아니었다.

"팀장님. 국장님 오셨답니다."

시곗바늘이 11시에 가까워졌을 때, 드디어 이 국장이 도착했다.

"근데 회의엔 팀과장만 참석하라네요."

"갑자기요? 전직원 다 자리 지키라 하셨는데…….."

"아무래도 민감한 전달 사항이 있는 모양이에요. 나머진 퇴근하랍니다."

"……알겠습니다. 모두 먼저 퇴근하세요."

이 상황에서 민감한 전달 사항은 하나밖에 없다.

아직 어떤 금융 당국의 잘못인지 모르니 함부로 나서지 말자. 이런 현실적인 얘기가 나올 것이다.

무거운 마음으로 회의장에 도착하니, 이지성 국장이 이미 자리를 지키고 있었다.

"오래 기다렸지?"

"아, 아닙니다."

"미안하네. 갑자기 금감원에 불려 갔어. 근데 내일 되면 청와대에 불려 가야 할 것 같아."

청와대라.

이 한마디가 오늘 있었던 모든 일을 말해 준다.

금감원에 가서 서로 책임만 떠넘기다 끝났다는 걸.

"특수거래과. 이거 대체 뭐야?"

"예. 바이포인트라고 일종의 포인트 가맹점 같은 곳입니다. 4년 전에 설립해서……."

"누가 지금 그거 물어? 이놈들 이렇게 커질 때까지 왜 보고가 하나도 안 올라왔느냐고."

송 과장은 바로 사색이 됐다.

"죄송합니다. 저흰 이걸 금융 상품으로 분류해서 당연히 금감원에서 나설 줄 알았습니다."

"현재 이 기업 어디까지 파악됐어?"

"수법은 대강 나왔습니다. 다단계 폰지사깁니다. 그간 새 가입자들이 결제한 돈으로 기존 손해를 충당했습니다."

"그래서 누적 적자가 얼만데?"

송 과장은 머뭇거리다 답했다.

"약 100억대일 것으로……."

모두가 이 액수에 한숨만 내쉴 때, 이 액수에 분노하는 이도 있었다.

김민호는 주먹을 부르르 떨며 송 과장을 지켜봤다.

저 액수를 파악해 보고한 게 자신이었다. 귓등으로도 안 듣더니 결국 국장 앞에선 그 액수를 보고한다.

"그럼 빼돌린 돈이 최소 100억대란 거네?"

"……예. 그렇게 파악하고 있습니다."

**공정거래
위원회**

여기까진 이견이 없는 기업 보고였지만 이젠 현실적인 부분을 논의해야 했다.

이지성 국장이 눈을 돌리자 송 과장이 바로 말을 이었다.

"외람되지만 국장님. 저희도 신중하게 움직여야 할 것 같습니다."

"신중?"

"……아직 어떤 곳의 책임인지도 불분명한데 덜컥 나서면 위험합니다."

"그건 송 과장 말이 맞습니다. 지금 상황에서 나서면 이 사건 독박 씁니다."

날카롭게 쏘아붙이던 이 국장도 이 말엔 수긍할 수밖에 없었다.

오늘 이 문제 때문에 온종일 금감원과 싸우지 않나.

"사실 이건 좀 애매합니다. 가맹점을 갑자기 축소하긴 했지만 이게 딱히 약관을 위반한 건 아니거든요."

"이건 약관보다 상품이 이상했던 겁니다."

"사실상 책임은 금융위와 금감원에 있죠."

돈을 찾을 방법이 마땅치 않은데 어떡하겠나. 국민들 원성이라도 피해 가야지.

정부 고위직들이 연루된 부동산이나 펀드 사태였다면 비난의 화살이라도 돌릴 수 있다. 하지만 이건 초등학생도 할 수 있는 다단계.

이 단순한 범죄에 당했다는 걸 알면 공정위가 다 뒤집힐 것이다.

'이 미친놈들이. 돈 찾으러 다닐 생각은 안 하고…….'

"일단 반응 먼저 보시죠. 금감원이 조사 시작하면 저희가 지원사격해도 됩니다."

"사태 보니 검찰이 먼저 기소할 것 같습니다. 그때 묻어 가는 것도 나쁘지……."

준철은 벌떡 일어났다.

지금 이 순간에도 열심히 돈세탁을 해 대고 있을 텐데, 이걸 기다리자고?

그렇게 외칠 마음으로 일어났지만, 먼저 일어난 놈 때문에 말할 기회를 잃었다.

"이건 명백한 공정위 잘못입니다. 더 이상 책임 회피해선 안 돼요."

김민호였다.

회의실의 이목은 갑작스레 일어난 두 사람에게 향했다.

김민호는 조금도 주눅 들지 않고 작심 발언을 계속했다.

"이미 명백해졌습니다. 금융 당국의 시장 감시 실패입니다."

"죄송합니다 국장님. 이 친구는······."

"이 책임엔 누구도 자유로울 수 없습니다. 이젠 한 푼이라도 더 찾아내야죠. 당국이 서로 책임 떠넘기면 피해만 더 커질 겁니다."

송 과장은 욕지거리가 튀어나올 뻔했다.

누가 그걸 지금 몰라서 이러나?

기껏 돈 찾아내 봤자 피해자들에게 돌아갈 보상 액수는 미미할 것이다. 욕먹는 게 확실한 일인데 왜 이걸 독박 쓰겠다는 건지.

"아직 수습할 수 있습니다."

"그만해 김 팀장! 자네가 끼어들 자리가 아니야. 여기 있는 사람들 다 옳은 게 뭔지 몰라서 이러는 거 아니라고."

"송 과장. 됐다. 계급장으로 찍어 누를 거면 이 자리 열지도 않았어."

"하지만 국장님……."

"팀장, 자네 이름이 뭐라고?"

"특수거래과 김민호 팀장입니다."

이 국장은 짧은 한숨을 내쉬더니 다시 물었다.

"지금이라도 수습할 수 있다는 게 무슨 말이야?"

"이놈들이 재벌 회장들처럼 스위스 비밀 계좌에 예치하진 않았을 겁니다. 고작해야 현금화, 차명계좌겠죠."

"그렇게 은닉한 돈은 스위스 비밀계좌보다 더 찾기 어려워."

"조력자만 찾으면 이게 더 쉽습니다."

"그니까 그 조력자를 어떻게 찾느냔 말이야."

"사실 제가 이 기업에 대해 몇 번 보고를 올렸는데, 그때마다 눈에 걸리는 몇 사람이 있었습니다. 그 명단만 소환하게 해 주십쇼."

이 국장의 얼굴이 형용하기 힘들 정도로 굳어졌다.

공정거래
위원회

"뭐?"

"막무가내처럼 들리시겠지만……."

"그게 아니라 지금 뭐라 그랬어. 해당 기업 보고 올렸었다고?"

이 국장의 살벌한 눈빛은 곧 책임자에게 옮겨붙었다.

"송 과장. 이게 무슨 말이야?"

"그게…… 의심되는 행적이 좀 있어 저희가 관련 논의를 한 적 있습니다."

"논의를 했는데 왜 위로는 보고가 안 됐지?"

"디지털 화폐 시장의 특수성이라 생각했습니다…… 죄송합니다."

이 국장은 분통이 터졌다. 알고서도 당했다니.

하지만 질책을 해 봤자 의미 없는 일이기도 하다. 다른 금융 당국은 아예 문제 제기도 없었던 사건이었으니.

"그럼 지금 파악한 이 기업 실체도 다 이 친구 보고서야?"

"……예."

이 국장은 짧은 한숨을 내쉬며 다시 고개를 돌렸다.

"그럼 당사자가 설명해 봐. 조력자가 누구야?"

"부모 같습니다."

"부모? 그 대표라는 형제들?"

"네. 사실 여기 직원 명부를 보면 전부 다 일가친척을 고용했습니다. 돌림자 쓰는 걸 보니 전부 아버지 형제들 같았습니다."

이 국장은 서류로 고개를 돌렸다.

가관이었다.

사원, 대리, 과장, 부장, 사장 모두 김(金) 씨 일가 사람들이다. 직원 처우가 얼마나 좋은지 모두 수억대의 연봉을 받고 있었다.

"이건 직원들 월급으로 경비 처리하고 따로 **빼돌렸을** 것으로 추정합니다."

"그럼 그놈들 아버지가 여기서 핵심적 역할을 했다는 거네?"

"네."

"근데 그걸 어디로 **빼돌렸는지**는 얘들도 모르는 거 아니야."

"모르면 짐작 가는 곳이라도 댈 겁니다. 그것도 모르면 자기들 돈으로 메워야죠. 이 사람들 전부 다 횡령 혐의 걸고 돈 가져오게 해야 합니다."

무식한 방법이다.

직원 등록되어 있다고 전부 다 공범으로 몰겠다니. 법원이 겨우 이 정도 증거 가지고 일가친척을 공범으로 보진 않을 거다.

그때 함께 일어나 엉거주춤 서 있던 준철이 말했다.

"국장님…… 이건 합법적으로 연좌제 씌울 수 있는 절호의

공정거래
위원회

기휩니다."

"뭐?"

"일가친척이 전부 범행에 가담하지 않았습니까. 만약 차명 계좌가 있다면 아주 모르는 사람한테 부탁하진 않았을 겁니 다. 분명 가까운 사람한테 부탁했을 겁니다."

친척.

직계가족은 아니면서도 묘하게 엮여 있는 관계.

직계가족은 수사할 때 특수관계인으로 분류되어 함께 조 사 받지만, 이들은 한 발자국 멀리 있다.

이 국장은 머리가 복잡해졌다.

'합법적인 연좌제라…….'

구미가 당기는 말이다.

돈세탁도 어차피 믿을 만한 사람 중에 골랐겠고, 그러면 피붙이한테 시켰을 가능성이 크다.

하지만 현실적인 고민은 떨쳐 내지 못했다.

만약 이걸 맡겠다고 하면 공정위는 독박을 쓰게 된다.

하지만 이걸 용인하면, 그래서 더 큰 돈이 새어 나가는 것 을 막지 못한다면, 그 피해는 고스란히 피해자들에게 전가 된다.

욕먹더라도 피해를 줄일 것인가. 아니면 무난히 묻어 갈 것인가.

이 국장은 긴 고민을 했고, 그 고민이 끝났을 땐 무서운 지시가 떨어졌다.

"약관심사과."

"네."

"이놈들한테 혐의 적용한다면 뭐가 좋을까."

"……예고도 없이 가맹점을 축소했으니 전자상거래법 위반 혐의는 적용됩니다."

"그럼 관련 사례 조사해 봐. 이놈들 분명 법정 싸움까지 갈 거야. 이겨야 돼."

그리 말하곤 눈을 돌렸다.

"안전정보과."

"예."

"업계에 바이포인트가 하나만 있을까?"

"아니요. 비슷한 업체가 많습니다. 커뮤니티 사이에 입소문도 많이 나는 편이고요."

"그럼 현재 시장에 유통되고 있는 사례 싹 다 조사한다. 어쩌면 이놈들도 작은 놈일 수 있다. 더 큰 놈이 있을 수 있어. 지금이라도 2차 피해 막는다."

국장님의 의지가 확실해지는 순간이다.

관련 사건 처벌은 물론 업계 물갈이도 단행하겠다는 뜻이다.

"다들 잘 들어. 내일부로 소비자분쟁조정위원회가 출범할 거야. 피해자들 민원 접수해서 피해 규모부터 확인한다."

공정거래
위원회

"네."

"물론 분쟁 조정이 안 되겠지. 놈들은 지금 능력을 상실한 지 오래니까. 법적 절차를 진행하기 직전 마지막 요식 행위라 생각해라."

"네."

국장님은 자리에서 일어나며 김민호와 준철에게 눈을 돌렸다.

"합법적인 연좌제…… 재밌는 발상이지만 이건 내가 좀 생각해 봐야겠다. 사태 해결도 중요하지만 사법적인 논란이 있어선 안 돼."

"네."

"두 사람한테 부탁하지. 되도록 이 형제 두 놈만 어떻게 해 봐. 만약 이걸로 해결이 안 되면……."

이 국장은 뜸을 들이다 말했다.

"그건 그때 가서 생각하자."

"예."

"김 팀장, 분쟁위 총 팀장은 자네가 맡도록 해."

❧

―먼저 고객 여러분께 진심으로 사과의 말씀 드립니다.

저희 바이포인트는 분산되어 있는 제휴 포인트를 일원화하여, 고객들의 이익을 증대화하자는 목표하에 시작되었습니다.

많은 분들이 저희 취지에 공감하셨고, 저희 또한 의욕적으로 가입자들을 늘려 간 바 있습니다.

하지만 의욕이 앞선 나머지 내실을 다지지 못한 것 또한 사실입니다.

최근 저희 바이포인트는 경영 실적이 악화하여 여러 실망을 안겨 드린 발표를 하였습니다.

하지만 저희 경영진은 회사를 정상화하기 위해 최선을 다하고 있습니다. 환불과 관련한 몇몇 우려에 대해 반드시 철두철미하게 해결하겠습니다.


김상원, 김상기 대표는 사태 사흘 만에 출근해 기자들 앞에서 입장문을 발표했다.

얼굴만 나라 잃은 표정이다.

구체적인 방법도 없이 경영 정상화만 외치자 기자들의 질문이 빗발쳤다.

"그래서 환불은 어떻게 한다는 겁니까?"

"현재 저희 바이포인트에는 충분한 사내유보금이 있습니다. 순차적으로 환불해 드릴 계획입니다."

"그 유보금이 얼만데요."

"물론 한 번에 다 지급하기엔 부족할 겁니다. 저희도 재원 마련을 위해 최선을 기하는 중입니다."

"그럼 현재 바이포인트의 누적 적자는 얼맙니까?"

공정거래
위원회

"아시는 분은 아시겠지만 디지털 화폐 시장에서 단기 적자는 그리 크게 중요하지 않습니다."

"그래서 누적 적자가 얼맙니까?"

"현재 저희는 여러 카드사와 PLCC 사업을 진행하고 있고, 단기간 내에 850~1,200억 원가량 부가 수입을 올릴 수 있을 것이라 예상하고 있습니다."

"자꾸 동문서답하지 마십쇼! 현재 바이포인트의 사내유보금과 누적 적자가 얼맙니까?"

"언론에도 당부드리고 싶은 말씀이 있습니다. 추측성 보도로 회원들의 불안을 가중시키지 말아 주십쇼. 저희 경영진은 최선을 다해 경영 정상화에 앞장서고…….''

김상원은 동생을 기자들에게 던져 주고 먼저 자리를 떴다.

사무실에 도착하자마자 대번에 낯빛이 바뀌었다.

"왜 이렇게 꼬치꼬치 캐물어. 날파리 새끼처럼."

"오셨습니까, 대표님."

"홍 실장. 상기 들어오면 문 다 잠가 버려. 기자 놈들 곱게 물러갈 기미가 아니네."

홍 실장이라 불리는 사내는 정식 직원으로 등록되지 않은 김상원의 개인 비서였다.

"알겠습니다. 근데 대표님. 방금 기자회견 사실입니까?"

"뭐가?"

"환불 말입니다. 저희 유보금이 겨우 20억밖에 되지 않습니다. 다 감당하기엔 턱없이 부족합니다."

"급한 불 끄려고 한 소리야. 홍 실장은 척하니 알아들어야 지."

"하면…… 이미 다 생각을 정리하신 겁니까?"

"응. 몇 년 살다 나와야지 별수 있겠어? 지금은 최대한 경영 실패처럼 보이게 만드는 게 관건이야. 기회 봐서 나중에 부도 신청할 거야."

김상원은 홍 실장의 어깨를 툭툭 쳤다.

"너무 염려는 말고. 우리 홍 실장 퇴직금은 다 마련해 뒀으 니."

"흐흐. 섭섭할 뻔했습니다."

"그러니까 홍 실장도 잘해. 나 이 돈 토해 내면 같이 죽는 거 알지?"

"여부가 있겠습니까. 몇몇 가입자들은 20%만 환불받고 합 의하기로 했습니다."

"오, 그래?"

"네. 그래서 일단 소액 환불 건부터 처리하려고요. 물론 합 의한다는 전제하에."

불행인지 다행인지 회원들 중에는 일찌감치 단념한 사람 들도 있었다.

바이포인트는 이들에게 우선적으로 돈을 지급했다. 서로 합의서를 쓴다는 전제하에.

피해 액수를 줄이는 건 법정에서도 유리한 일이다.

"역시. 나 생각해 주는 건 홍 실장밖에 없네."

"별말씀을요. 근데 대표님. 이거 20억도 다 지급하기엔 좀 아까운데요."

"응?"

"생각보다 환불에 단념한 사람들이 많더군요. 충전금의 10-20%만이라도 주면 합의해 주겠단 사람이 널렸습니다. 이러면 우리 좀 더 챙겨도 되는 거 아닙니까."

김상원은 갑자기 구미가 확 돌았다.

100억 도둑이나 105억 도둑이나 거기서 거기다.

창창한 젊은 날에 콩밥 먹을 생각을 하니 10원 한 장도 아쉽게 느껴진다. 이 억울함을 달래려면 노후 자금은 더 든든해야 한다.

"그 생각 좀 괜찮네. 그럼 홍 실장이 한번 기획 좀 가져와 봐."

그렇게 낄낄대며 대화를 나눌 때.

급작스레 회사 문이 벌컥 열리며 정장 입은 사내들이 들어왔다.

"여기가 김상원 씨?"

"뭡니까?"

"공정위 김민호 팀장이라고 합니다. 특수거래과."

"아니 공정위에서 왜 여길?"

"이 사건 분쟁조정위원회에 회부됐거든요. 제가 총책임자고."

김민호가 눈짓을 보내자 준철이 영장을 내밀었다.

"협조는 당연히 안 할 테니 미리 받아 왔습니다. 회사 자료 좀 한번 봅시다."

자산 파악에 들어간 공정위에선 연일 한숨이 끊이질 않았다.

백화점에 20억.

슈퍼카 구매에 30억.

이름 대면 알 만한 유흥업소에 10억.

이 모두 대표 형제들의 개인 카드가 아닌 회사 법카로 이뤄진 결제 내역이었다.

"어떻게 법카를 다 이런 데에 썼지?"

더욱 절망적인 건 바이포인트의 사내유보금이었다.

충분한 재원이 있다고 호언장담했던 것과 달리 이들의 사내유보금은 20억이 채 되지 않았다. 분쟁조정위원회엔 벌써 5만 명의 회원들이 몰렸고, 이미 피해액이 100억대를 훌쩍 넘는다.

지불 능력이 없다는 건 확실하다.

"팀장님. 이 자식들 진짜 정신 나간 놈들이네요. 김밥집에서 4천만 원을 결제했습니다."

"보쌈집에선 6천만 원을 결제했고요."

"알아보니 이 보쌈집과 김밥집은 전부 다 아버지 이름으로 낸 가게입니다."

"가족들끼리 허위 업체 세워서 돈세탁해 놨네요."

보고를 듣는 준철도 기가 찼다.

법카를 마음대로 긁는 건 남들 다 하는 일이라 쳐도, 이렇게 허위 업체 세워서 돈 빼내는 건 흔한 일이 아니다.

"이런 업체가 왜 세무조사를 한 번도 안 당했는지 의문입니다."

"그 직원들 월급 내역은 어때요?"

"여기도 개판이죠. 전 직원 평균 연봉이 2억입니다. 인센티브까지 합하면 대기업 임원보다 높아요."

"이 돈도 당연히 세탁에 이용된 거겠죠."

"네. 어차피 일가친척이니 허위로 직원 등록하고 뒤로 다 빼먹었을 겁니다."

진짜로 눈에 뵈는 게 없는 놈들이었구나.

무리한 판촉비로 생긴 회사 적자보다, 흥청망청 탕진한 회삿돈이 더 많았다.

상황이 이쯤 되니 분노보단 두려움이 더 앞선다. 놈들의 수중엔 과연 얼마나 남아 있을까? 미래도 없는 놈들이니 벌써 다 써 버렸을까?

'아니야…… 이런 놈들이 더 악착같지.'

"반장님. 국세청에 이놈들 연말정산 자료 요청해 주세요."

"연말정산은 왜……?"

"쓴 돈이 얼마였는지 알아봐야죠. 빼돌린 돈이랑 자기들이 쓴 돈 차액이 지금 수중에 남아 있는 돈일 겁니다."

"그게 말처럼 될까요. 꼴을 보아하니 이놈들은 다 써 버렸을 것 같은데."

"오히려 이런 부류들이 그런 문제엔 악착같아요. 분명 삥땅친 노후 자금 많을 겁니다. 모두 알아봐 주세요."

반원들이 일사불란하게 흩어질 때.

김민호 팀장이 초조한 얼굴로 사무실에 들어섰다.

"어떻게 됐어, 이 팀장."

"이게 지금까지 저희가 파악한 현황입니다."

서류 검토를 마친 김민호는 벌어진 입을 다물지 못했다.

"2…… 20억? 사내유보금이 정말 그것밖에 안 돼?"

"네. 사무실 보증금, 법인 차. 뭐 회사 자산 다 처분해도 30억이 안 될 것 같습니다. 유흥업소에서 긁은 내역을 보니 이미 많이 탕진한 것 같아요."

"젠장……."

"분쟁조정위는 어떻습니까?"

"이번 주 내로 10만 명이 넘어갈 것 같아. 피해신고액은 벌써 150억 넘었어."

김민호는 현실적인 수습 작업에 들어가 있었다.

공정거래
위원회

놈들이 약속한 90% 환불엔 미련을 버린 지 오래다. 그래도 한 40% 정도만 환불해 줄 수 있다면 그나마 피해를 줄일 수 있을 것이라 생각했다.

하지만 방금의 이 보고로 그 꿈이 산산조각 났다. 이게 사실이면 10% 환불도 간당간당하다.

"진짜 끝난 건가……."

"아직 좌절하기엔 이릅니다. 이놈들이 노후 자금도 안 챙겨 놓고 이런 일 벌였을 리 없습니다."

"그 뒷돈이 어디 있는지를 모르잖아…… 얼마인지도 모르고."

"국세청에 연말정산 요청했어요. 빼돌린 돈에 연말정산 자료 빼면 지금 얼마 정도 있는지 대충 파악될 겁니다."

"아무리 그래도 어디 있는지는 모르잖아."

"이제부터 이실직고하게 만들어야죠. 대표 형제들부터 구속시킵시다."

그런다고 될까.

감옥살이를 두려워하는 놈들이 아닐 텐데.

"그리고 필요하면 더 많은 사람도 구속시켜야 할 겁니다."

"더 많은 사람? 누구?"

"이놈들 아버지는 조력자가 아니라 진짜 공범인 수준이에요. 허위 업체 세워서 김밥을 몇천만 원어치나 팔았다네요."

"그 문제는 나도 자문받아 봤는데…… 그냥 자식들 사업에 이름 몇 개 빌려줬다고 둘러대면 건드릴 수가 없대."

"일단 한번 해 보겠습니다. 뭐 겁을 주면 돈 몇 푼이라도 더 나오겠죠."

김민호는 긴 한숨을 쉬며 말했다.

"알겠어. 그럼 이 팀장이 이놈들 좀 맡아 줘. 난 피해 사례 접수하느라 꼼짝도 못 하겠다."

❀

구속영장은 예정된 일이나 다름없었기에 바로 발부되었다.

집행 당일에 기자들이 몰리고, 환불시위대까지 등장했지만 구치소에 들어선 두 형제는 담담한 얼굴이었다.

아니, 오히려 여유로웠다.

검사의 질문에 모두 죄송하다 답했고, 불리할 때마다 묵비권을 톡톡히 써먹었다.

"이건 대답하세요. 애초에 폰지사기가 목적이었죠?"

"의욕적으로 사업하다 이 지경에 이르렀습니다. 모든 책임을 통감합니다. 모쪼록 선처를 부탁드립니다."

답답한 취조에 검사들만 진이 빠졌다.

잘못은 인정하는데 목적은 그게 아니었다고 우겨 대지 않나. 여기서부턴 법의 딜레마가 작용한다. 사람을 죽을 때까지 때려도 목적성을 입증 못 하면 살인이 아니라 과실치사가 된다.

놈들의 공판 전략이 뭔지 훤히 다 들여다보였다.

느지막이 도착한 준철은 돌부처처럼 앉아 있는 김상원과 마주했다.

"이게 사업실패라고요?"

김상원은 힐끗 보더니 다시 눈을 감았다.

"죄송합니다. 모든 책임을 통감합니다."

"싸구려 변호사를 수임한 모양이군. 나라면 그렇게 컨설팅 안 해 줬을 텐데."

"네?"

"김상원 씨는 특가법(특정경제범죄가중처벌법) 적용 대상입니다. 50억 이상의 범죄는 무기 또는 5년 이상의 징역…… 인 거 아시죠? 책임을 통감하신다 하니 저희도 무기징역 구형하겠습니다."

돌부처처럼 앉아 있던 김상원의 눈이 번쩍 뜨였다.

"뭐라고?"

"무기징역요."

"아니, 이게 무슨 개소리야! 무기징역?!"

"안타깝지만 법이 그렇습니다."

"그딴 법이 대체 어디 있어! 사업 실패했다고 무기징역을 때려?"

"횡령도 하셨잖아요. 도대체 왜 회삿돈으로 슈퍼카를 사고, 백화점에 긁고, 김밥을 4천만 원이나 처먹었습니까?"

김상원은 잠시 말문이 막혔다.

이미 파악할 건 했구나.

"그리고 분명 환불 다 해 주겠다 약속했는데 사내유보금이 고작 20억밖에 안 돼요. 이건 당연히 사재 출연해서 갚겠단 의지겠죠?"

"말 가려 가면서 하쇼. 경영 과정에서 떳떳지 못한 데 쓴 돈이야 있습니다. 근데 무슨 이걸 가지고 무기징역이야. 듣도 보도 못한 일이라고."

"그 첫 사례를 쓰실 겁니다. 김상원 씨가."

준철의 싸늘한 얼굴을 확인한 순간, 김상원은 불안한 직감이 들었다.

이 미친 소리를 당당히 지껄이는 놈이라면, 충분히 그럴 것 같았다.

"솔직히 서류만 봐도 딱 알겠더군요. 이놈들 노후 자금 다 챙겨 놓고 몇 년 살다 나올 생각이구나."

"……."

"이래서 어디 단죄가 되겠어요? 노후 자금 한 푼도 못 쓰게 평생 가둬 놔야지."

"……당신 나한테 하고 싶은 말이 뭐야?"

"뒷돈으로 챙긴 돈 전부 가져와. 그거 다 회원들한테 환불해 줘야 돼."

없어, 라고 말하기도 전에 준철이 서류를 건넸다.

"국세청에서 받은 두 사람 연말정산 자료야. 개인 카드로 긁은 내역은 얼마 없더만. 차액 계산해 보니 한 100억 남더군요."

"……."

"이 돈 다 뱉어 내면 그때 다시 형량 얘기해 봅시다."

김상원은 잠시 흔들렸다.

길어 봐야 5년 10년 예상했는데 난데없이 무기징역 소리를 들으니 눈앞이 깜깜해졌다.

하지만 이내 이성을 되찾았다.

금융 범죄로 무기징역이 떨어졌단 건 들도 보도 못한 얘기 아닌가. 젊은 놈이 자신 앞에서 공갈치고 있다는 게 눈에 훤히 보였다.

"무슨 소린지 도통 모르겠습니다."

계산을 끝마치자 바로 얼굴색이 변했다.

"자꾸 저한테 겁주시는 것 같은데, 더 이상 단독 취조엔 응하지 않겠습니다. 앞으론 내 변호사랑 얘기하세요."

놈이 건넨 변호사 명함은 국내에서 알아주는 기업 소송 전문 로펌이었다.

이 한마디로 모든 게 명확해졌다.

비싼 변호사로 형량을 줄이면 줄였지, 절대 자신들의 노후 자금은 토해 내지 않겠다는 걸.

🜊

공정위로 복귀하니 김민호 팀장이 바로 달려왔다.

"어땠어, 이 팀장."

"갈 데까지 갔습니다. 10원 한 장 토해 내지 않을 겁니다."

"특가법 얘기도 해 봤어? 이거 형량 센데."

"그 얘기 하니 성진로펌 명함을 주더군요. 비싼 변호사로 형량을 낮출 생각이지, 절대 범죄 수익 토해 낼 생각이 아닙니다."

김민호는 한숨이 나왔다.

성진로펌은 돈으로 법을 움직이는 놈들이다.

그들이 사건을 맡으면 살인도 과실치사가 되고, 횡령도 업무상과실이 된다. 바이포인트를 경영 실패로 몰고 가는 건 일도 아닐 것이다.

"이 팀장…… 이걸 법원이 경영 실패로 판단할까?"

"무시 못 합니다. 법원은 그보다 더 말도 안 되는 판결도 내리는 곳이니."

"그럼 어쩌지…… 구형을 한 20년 정도 불러 볼까? 겁을 줘서라도 돈을 갖고 오게 만들어야 되는데."

"무기징역 얘기까지 꺼내 봤는데 끄떡없어요."

김민호는 속이 타들어 갔다.

분쟁조정위원회의 목표치는 40%의 환불이었지만, 지금 공정위가 파악한 자산으론 무리다.

문득 후회도 들었다.

절박한 피해자들이 한꺼번에 공정위로 몰려들지 않았나. 하나 마나 한 환불이 이뤄지면 이들의 기대가 곧 원성으로 뒤바뀔 것이다.

"김 팀장님. 이제 별수 없겠어요. 원래 생각했던 대로 갑시다."

"……일가친척들?"

"당장에 보이는 것만 해도 수억이에요. 빼돌린 돈 찾으려면 이들도 구속 수사해야 합니다."

"국장님도 그건 동의 안 하신다 했는데……."

"아니면 방법이 없습니다. 저희도 이대로 접어야 돼요."

그놈들 아버지는 반드시 구속해야 한다.

이상한 업체를 세워 잔뜩 경비 처리시킨 내역이 있으니 여기까진 문제가 없을 것이다.

문제는 여기서 그치지 않는다는 거다.

직계가족뿐 아니라 십수 명의 친척들까지 다 직원으로 등록되어 있는데 어디까지 친단 말인가.

'……'

구속을 해도 문제다.

당연히 이들도 돈의 행방에 대해선 모를 터. 공범이란 결정적 증거가 발견되지 않으면 연좌제 시비로부터 자유로울 수 없다.

"만약…… 일가친척 다 구속하면 어떻게 할 계획이야?"

"받아 간 연봉은 다 반납해야죠. 회사가 늘 적자였는데 직원들 연봉만 수억씩이었단 건 말이 안 됩니다."

"그것만으론 구속 사유 무린데."

"국세청에 허위 직원 등록으로 신고하시죠. 이름만 빌려줬다면 이것만으로도 충분히 잘못한 겁니다."

긴 상념에 잠기던 김민호가 결국 고개를 끄덕였다.

"그래. 하자……. 한번 해 보자."

❧

─다음 소식입니다.

바이포인트 논란이 벌써 일주일째 지속되고 있지만 실마리는 보이지 않는 모양샙니다.

지난 1일까지 신고된 피해액은 200억대를 넘었지만 사내유보금은 겨우 20억이 되지 않았는데요. 대표 형제 두 사람이 상당 부분 탕진했거나, 비자금을 조성한 것으로 나타났습니다.

공정위는 친인척 구속까지 언급하며 초강도 수사를 예고했지만, 당사자들이 완강하게 부인하는 터라 돈의 행방은 여전히 오리무중입니다.

**공정거래
위원회**

사기꾼은 잡혀도 3대가 먹고살 돈이 있다는데, 이번에도 통용될까요.
최수환 기자가 전합니다.

뉴스가 보도된 지 채 2시간이 지나지 않아 구속영장 여덟
개가 신청되었다.

임직원 명부에 나와 있는 모든 일가친척이 무더기로 구속
처리된 것이다.

유례가 없는 구속수사에 연좌제 논란이 나오기도 했지만.

대표 형제들이 흥청망청 쓴 회삿돈과, 수억에 달하는 임직
원 연봉이 공개되자 논란마저 분노로 뒤바뀌었다.

―도대체 이게 어떻게 가능 한 거야? ――
―바이포인트는 그 흔한 세무조사도 안 당했어?
―이건 무능의 극치다!
―빼돌린 비자금 못 찾으면 금융 당국을 징계해라!

그리고 이 뉴스를 가장 뼈아프게 받아들이는 이가 있었다.

"형님! 이건 처음 얘기랑 다르잖수!"

"이름만 빌려주면 된다며! 왜 갑자기 우리한테까지 구속영
장이 와."

꼭두새벽부터 모여든 김씨 일가들은 얼굴이 말이 아니었
다.

"아침 9시까지 자진 출두하랍디다! 1분이라도 늦으면 찾아와서 수갑 채워 가겠대!"

두 형제의 아버지 김영호는 형제들 앞에서 고개를 들 수 없었다.

"뭔 말이라도 좀 해 봐요!"

"미안해…… 내가 애비로서 덕이 없었어."

"덕이고 자시고 그 두 놈 새끼 때문에 집안 다 풍비박산 날 판이야!"

"……."

"우리야 살 만치 살았지만 조카들은 어쩔 거요. 이름만 빌려주면 된다 해서 내 자식새끼들 이름까지 다 빌려줬잖아."

"……."

"내 새끼 호적에 빨간 줄 그어지면 나도 가만 안 있어. 진짜 다 죽는 거야!"

뒤통수가 얼얼한 건 이들도 마찬가지였다.

정부에서 시행하는 중소기업 혜택이 있다, 요건을 맞추려면 직원 수가 필요하다. 이게 친척들이 두 형제에게 들은 설명이었다.

그래서 대충 위장전입 같은 일인 줄 알았는데, 희대의 사기 사건이었을 줄이야.

"피해자 몇 놈은 아예 우리 집으로 찾아와서 돈 내놓으래."

"길게 말할 거 없수. 지금 비자금 논란 나오는데 그거 싹

공정거래
위원회

다 반납하고 석고대죄합시다."

"……."

"아, 검찰도 돈 가져오면 정상참작해 주겠다잖아!"

"형님네가 이러면 우리 다 죽어!"

아버지 김영호는 시종일관 고개를 들지 못했지만, 돈 얘기가 나오자 미묘하게 반응이 달라졌다.

"그건 나도 몰라."

"뭐?"

"나도 애들한테 이름만 빌려줬어. 실제로 비자금이 있는지, 아님 공정위가 괜히 우리 욕먹게 만들려고 부풀린 건지 모르겠네."

"그게 말이 되우? 형님이 업체까지 차려서 상원이 돈세탁도 왔다며."

"그것도 그냥 해 달라는 데서 해 준 거야."

쾅―!

형님의 뻔뻔한 변명에 결국 동생들의 인내심이 끊어졌다.

"이딴 개새끼를 내가 형이라고 진짜."

"뭐?"

"피붙이인 내가 봐도 비자금이 수두룩해 보이는데 뭐가 어쩌고 어째?"

"둘째 형. 그만해!"

"야이 후레자식아! 한배에서 나온 형제들까지 등을 쳐먹냐! 입 다물고 비자금 가져와! 너희들이 돈을 가져와야 이 사태 끝날 거 아니야."

사태가 파국으로 치닫자 김영호의 낯빛이 완전 바뀌었다.

"동생들. 나도 좀 섭섭하네."

"뭐?"

"애들이 그 이름 공짜로 빌렸어? 수고비조로 천, 2천씩 돌린 게 몇 번인데 이제 와서. 까놓고 말해 너희들도 선물 다 받아 갔잖아. 이 돈 결국 다 너희들하고 같이 쓴 거야."

"아니 지금!"

아버지는 대답도 듣지 않고 자리를 픽 일어났다.

"구속영장 나온 건 유감이지만 깊게 고민할 이유도 없다. 이거 지금 공정위가 연좌제 씌운 거야. 어차피 법원에서 기각될 거라고. 염치없지만 내가 부탁 하나만 하자. 그냥 조금만 견뎌 줘. 아무 일도 없이 끝날 거야."

유유히 떠나는 형을 보며 동생들은 생각했다.

자신들도 당했다는 것을.

"……처음 그 얘기를 꺼낸 건 두 녀석이었습니다. 명절에 친척들 다 모였는데 갑자기 명품백, 컴퓨터 같은 선물을 돌렸습니다."

"네."

"그러곤 사업 얘기를 시작했는데…… 무슨 포인트 업체라 더군요. 그땐 저희도 이게 이런 건지 몰랐습니다."

"근데 이름은 왜 빌려줬습니까."

"정부에서 주는 중소기업 혜택이 있는데, 그걸 받으려면 직원 수가 충족돼야 한다고……."

"그렇다고 덜컥 이름을 빌려줍니까. 알지도 못하는 기업 에?"

"죽을죄를 지었습니다. 근데 저흰 그냥 위장전입 같은 거 려니 생각했습니다. 물론 위장전입도 해선 안 되지만…… 정 말 가벼운 일인 줄 알았어요."

나란히 끌려 온 형제들은 김상기, 김상원과 다른 얼굴이었 다.

검사의 눈도 마주치지 못하고 눈물까지 글썽거렸다.

"이해가 가질 않습니다. 직원 등록하고 수억씩 월급 지급 이 됐어요. 이러면 분명 막대한 세금이 붙었을 텐데, 정말 본 인들은 아무것도 모르셨다고요?"

"……."

"솔직하게 답변해 주십쇼. 정말 대가 없이 이름만 빌려줬 습니까."

"처, 천만 원. 아니 한 2천만 원. 명절날 조카들이 고맙다 고 돈을 돌렸습니다."

"결국 대가가 있었단 얘기네요."

"근데 그게 전부입니다. 정말 녀석들의 비자금이 어디 있는지는 몰라요."

준철은 자그마한 한숨이 나왔다.

이 얘긴 진실일 가능성이 크다. 설사 비자금을 챙겼더라도 직계가족이나 챙기지 친척들 몫까지 챙기진 않았을 거다.

남자는 한동안 눈물을 쏟아 내더니 준철에게 물었다.

"검사님."

"팀장입니다. 공정위."

"예…… 팀장님. 저 한 가지만 여쭤봐도……."

"말씀하세요."

"비록 의도는 없었다고 하나 제가 얼마나 잘못했는지 알고 있습니다. 무슨 벌이 됐든 달게 받겠습니다. 한데……."

"한데?"

"제 아들은 어떻게 되는 겁니까. 사실 제 아들 녀석은 자기 이름이 직원으로 등록되어 있는지 몰라요. 그 녀석 이름 빌려준 건 접니다."

준철은 마음이 흔들릴 것 같아 바로 시선을 돌렸다.

사람인지라 안쓰러운 건 어쩔 수 없는 모양이다.

어떻게든 잘못을 뒤집어써 주려는 모습이 여느 부모와 다를 게 없었다.

"네. 맞습니다. 제가 제 자식새끼 명의 도용한 겁니다. 저만 죽여 주십쇼."

"그래도 혐의를 피하진 못할 겁니다."

"……예?"

"지금 저희는 피해액의 반도 회수 못 했어요. 만약 이대로 끝나면 당연히 막대한 과징금이 붙겠죠. 이런 과징금은 파산이 안 됩니다. 아드님은 평생 신용불량자로 살 겁니다."

평생, 신용불량.

하늘이 노래지는 단어다. 자식이 평생 달고 살아야 할 족쇄일 테니.

거기서 끝이 아니다. 과징금이 이렇게 떨어질 정도면 당연히 실형도 못 피할 터. 전과자에 신용불량자면 사실상 현대 사회에서 사형선고다.

"갚겠습니다…… 집을 팔든 아버지한테 물려받은 선산을 팔든 어떻게든 갚겠습니다! 무슨 방법이 없겠습니까."

"죄를 면해 드릴 순 없지만 벌을 좀 가볍게 내릴 순 있습니다. 남은 비자금만 찾으면. 근데 김영호 씨가 자꾸 비자금에 대해선 모르쇠더군요."

"그럼 그놈들 집도 압수하고, 아버지한테 물려받은 선산도 다 압류해 주세요!"

"선산……요?"

"네. 저희 형제들이 아버지한테 물려받은 선산 3천 평이 큰형 명의로 되어 있습니다. 물론 임야라 값은 얼마 안 나가지만 그거라도 회수해 주세요."

그 진술 하나가 묘한 호기심을 자극했다.

사실 지금 놈들의 차명, 해외계좌를 하나도 못 찾지 않았나. 놈들의 집, 오피스텔, 사무실을 샅샅이 뒤져 봤지만 흔적은 하나도 찾을 수 없었다.

이건 현금성 자산으로 바꿔 놓고 은닉했을 가능성이 크다.

'선산이라…….'

그래서 더 선산이란 말이 매력적으로 들린다.

오랜 세월 감옥살이를 하고 나와도 변함없이 있어 줄 곳 아닌가.

외부인의 출입을 막을 수 있으니 이만큼 안전한 곳이 없다.

"그 선산이 어디에 있습니까?"

"겨, 경남 사천에 있습니다. 돌아가신 부모님 묏자리 모신 곳인데…… 등기라도 떼다 드릴까요."

"궁금한 게 있는데요."

"네. 말씀하세요."

"혹시 대표 형제 두 사람이 이 선산에 들락거린 적 있습니까?"

난데없는 질문에 남자의 머리가 빠르게 돌아갔다.

지금 생각해 보니 몇 가지 걸리는 게 있었다.

"이게 이상한지 모르겠지만…… 지난 추석 때 갑자기 어머니 묏자리 얘길 하긴 했습니다."

"무슨 얘기였습니까."

"할머니 안 본 지 오래됐다고 성묘 간다는 얘길……."

"그게 끝입니까?"

"아 그리고 이상한 게 또 있었습니다. 이 사건 터지고 나서 갑자기 형님한테 전화가 왔어요. 안팎으로 시끄러운데 부모님 뵐 면목 없다고, 당분간 방문하지 말자고."

준철이 고개를 갸웃했다.

"그게 무슨 소립니까?"

"나도 잘 모르겠습니다. 그냥 당분간은 묘지 가지 말란 소리 같았습니다."

"왜요?"

"그건 잘……."

쎄한 직감이 든다.

"알겠습니다. 오늘 취조는 여기까지 하죠."

"선생님. 제 아들놈 얘기는……."

"돈 찾을 때까진 아무것도 얘기해 드릴 수 없어요. 그리고 조카들한테 받은 수고비는 몇 배의 이자까지 쳐서 피해액으로 환수할 겁니다."

"그, 그건 반드시 내겠습니다. 제 아들놈 형살이만 어떻게 부탁드립니다."

취조실을 나선 준철은 곧장 사무실로 향했다.

돌아오는 내내 찜찜함에 시달렸다.

'안팎으로 소란스러우니 묘소에 가지 말자……?'

지은 죄가 많으니 부모님 뵐 낯이 없다는 건가?

그런 놈들이 이런 죄를 짓는 게 가당키나 할까?

'은닉 자금 숨겨 놓기엔 너무 완벽한 장소인데…….'

자꾸만 의심이 그쪽으로 향한다. 야산에 은닉 자금을 묻어 놨다면 당연히 다른 사람들의 출입이 달갑지 않을 것이다.

하지만 선산 3천 평을 무슨 수로 다 뒤지고 다닌단 말인가?

'무리다…… 암매장지 자백이 나오지도 않았는데.'

아무리 국민적 분노가 극에 달했다 해도 조상 묘지까지 들 쑤시는 패륜은 이해받을 수 없는 행동이다.

'젠장.'

다른 그 어떤 사건보다 무력감이 느껴지는 준철이었다.

죄를 다 입증하고 구속도 했는데, 제일 중요한 비자금을 못 찾고 있다.

사기꾼은 잡혀도 3대가 먹고살 돈이 따로 있다더니…… 옛 말 틀린 거 하나 없는 모양이다.

그렇게 서류를 덮을 때.

'잠깐만…… 암매장지가 설마?'

경악스러운 보고서 한 장 때문에 공정위엔 긴급회의가 소집되었다.

비자금의 행방을 찾지 못해 수사가 난항인 건 사실이다.

하지만 이건 도무지 상식으로 이해할 수 없는 내용이었다.

"그러니까…… 암매장지가 선산인 것 같다?"

"네."

"어떻게 그리 확신하지?"

"일가 형제들이 전부 같은 진술을 했습니다. 사태가 터지자 갑자기 큰형님이 엉뚱한 소리를 했다고. 무슨 부모님 뵐 낯이 없다 둘러대는데, 꼭 출입하지 말아 달란 부탁 같았답니다."

"그게 끝이야? 목격했다, 선산 어디에 암매장을 했다 이런 진술이 나온 게 아니라?"

"국장님. 그 큰돈을 연고도 없는 곳에 묻어 두진 않았을 겁니다. 오랜 감옥살이를 해도 변하지 않을 곳, 외부인의 출입이 없는 곳. 선산 말곤 없습니다."

말이 끝나기 무섭게 과장들이 들고일어났다.

"안 됩니다 국장님! 이미 연좌제 논란까지 나온 마당에 선산이라뇨."

"선산을 건들면 공정위가 부관참시한단 소리가 나올 겁니다."

준철도 굽히지 않았다.

"파묘하자는 말씀이 아닙니다. 어차피 김영호는 핵심 연루인으로 자산 몰수해야 합니다. 당연히 선산도 예외가 아니죠."

"이 팀장, 그게 무슨 말장난이야? 선산 팔아서 피해자들한테 돌려주자고 하는 말이 아니잖아."

"그 목적도 있습니다."

"그러면 캠코(한국자산공사)한테 넘기고 처분해 달라 그래. 국장님, 삽 대는 건 절대 안 됩니다."

"묘지를 직접 건드는 것만이 파묘가 아닙니다. 선산에 있는 나무 한 그루도 건드려선 안 돼요."

과장들의 극렬한 반대가 계속될 때, 이 국장이 조용히 시선을 옮겼다.

"김 팀장, 이놈들 자산 파악된 거 얼마야."

"사내유보금 20억에 개인 자산 5억 정도……."

"일가친척 다 구속시켰는데도 30억이 안 돼?"

"죄송합니다……. 이미 오랜 시간 돈세탁을 꾸준히 해 와 행방을 찾을 수 없습니다."

피해된 신고액이 200억을 훌쩍 넘었는데 확보한 자산은 30억이 채 되질 않는다.

이대로라면 10%의 환불도 장담 못 한다.

"그럼 좀 열어 두고 생각하자. 비자금이 없을 가능성도 있나."

"절대 그럴 리 없습니다. 놈들이 쓴 카드 내역 다 분석했고, 회사 적자도 파악했는데 돈 100억이 빕니다."

"차명 계좌나 해외 계좌 이런 건 정말 안 나와?"

"네……. 분명 현금화시킨 자산에 함께 묻어 놨을 겁니다. 외람되지만 저도 사실 선산이 의심되긴 합니다."

말이 끝나기 무섭게 또다시 과장들이 가세했다.

"김 팀장, 분쟁조정위원장은 팀장처럼 막 질러 대는 자리 아니야. 책임감을 가지고 임해."

"의심되는 내용 말고 객관적 사실에 근거한 보고를 하란 말이야."

"그럼…… 객관적 사실에 근거한 말씀 하나 드리겠습니다.

이대로 가면 조사 실패입니다."

"뭐?"

"우리 범죄 수익금 하나도 못 찾아냈어요. 법원에서 10년 20년 떨어지면 뭐 합니까. 어차피 살다 나오면 평생 떵떵거리며 살 수 있는데."

"아니 지금…….."

"저 같아도 선산에 숨겨 놨을 겁니다. 어쩌면 관짝에 숨겨 놨을 수도 있죠. 사람이 돈에 눈멀면 더 한 짓도 합니다."

김민호는 분통이 터졌다.

특수 거래과에서 일하며 가장 많이 상대해 본 게 경제사범이다.

이들은 흉악 범죄보다 더 큰 해악을 끼치지만 처벌은 늘 솜방망이에서 그쳤다.

형기를 마치면 냉혹한 사회가 기다리고 있는 다른 범죄와 달리, 이들은 마치 군 복무하듯 감옥을 제대했고 이후엔 훨씬 더 윤택하고 안락한 삶을 누렸다.

그 기시감이 이번 사건에서도 보인다.

"다들 그만."

한동안 이 언쟁을 지켜보던 국장님이 입을 열었다.

이젠 결정을 해야 할 때다.

그는 긴 한숨을 내쉬더니 이 문제의 원흉에게 눈을 돌렸다.

"이 팀장, 이 선산 어디에 있다고?"

공정거래
위원회

"예. 경남 사천에 있습니다."

"이거 땅값이 얼마나 나갈 것 같아?"

"토지 값은 얼마 나가지 않는 걸로⋯⋯."

"그럼 캠코한테 의뢰해서 자산 감정 받아 봐. 몰수한다."

몰수? 결국 뺏겠다는 건가?

회의실의 희비가 엇갈렸다.

"구, 국장님!"

"물론 이게 파묘를 허락한다는 얘기는 아니야. 내 개인적인 도덕관으로도 남의 묘를 함부로 뒤집는 건 용납 못 해."

"네⋯⋯."

"대신 이걸 좋은 카드로 써 봐. 뭐 유도심문을 하든, 협박을 하든 사소한 법적 문제는 넘어가 준다."

"하면⋯⋯."

"반드시 자백 받아 와. 은닉 자금 어디에 묻어 놨는지."

이 국장은 긴 뜸을 들이다 가장 중요한 말을 덧붙였다.

"하지만 그래도 자백이 안 나온다면⋯⋯. 우린 이 땅값으로 만족한다. 단념하자."

❧

–다음 소식입니다.

비자금의 행방을 쫓던 공정위가 오늘 아침, 선산 압류 결정을 내렸습니다.

연좌제 논란에 이어 연일 파격 수사를 이어 가고 있는데요.

당국은 경남 사천에 있는 선산을 처분해 피해액을 보전할 것이라 설명했습니다.

하지만 일각에선 암매장지를 찾는 것 아니냔 관측이 나옵니다.

−유례가 없는 수사 행보에 시민들의 반응도 엇갈립니다.

[바이포인트 피해자 연대]는 금일 환영 성명을 내며 모든 수단과 방법을 동원해 줄 것을 촉구했는데요. 반인륜적이란 우려도 나오고 있습니다.

공정위는 파묘 작업에 대해선 선을 그었지만, 선산이 암매장 유력지라는 것에는 부정하지 않았습니다.

한편 현재까지 소비자분쟁조정위원회에 신고된 피해액은 230억을 넘는 것으로 나타났습니다. 아직 환수한 금액이 30억이 되지 않아 큰 진통이 예상됩니다.


−해야지.

언제까지 닭 쫓던 개 지붕만 쳐다볼 거냐? 사기꾼은 잡혀도 3대가 먹고살 돈이 따로 있다더라.

−ㅇㅈ 경제사범들 보면 만날 다 떵떵거리고 살더라. 왜 당국은 항상 그 돈 다 못 찾아?

−선례를 만들어야 돼. 사기 치다 걸리면 3대가 잘 사는 게 아니라, 죽은 조상도 죗값 치러야 한다는.

−이놈들 대체 은닉 자금 어디다 둔 거야?

일가친척 전부 구속했는데 하나도 안 나왔다며. 진짜…… 없는 건가?

─없긴 개뿔. 경제사범이 감방 나와서 빌빌 대는 거 봤음?

─그냥 죽어도 안 말하는 거야. 잠깐 살다 나오면 다 지 돈 되는 거니까.

─피해액이 200억댄데, 환수액이 30억이면…….

이거 어떻게 되는 거냐? 그럼 10% 환불해 주고 끝난다는 거야?

─ㅇㅇ 놀랍지만 그게 끝. 형량이야 10년 안팎일 테고.

─다른 뉴스 보면 특가법 대상이라 무기징역 가능성도 있다던데?

─ㅋㅋㅋ 개소리지. 금융 범죄는 기본이 100억대라 무조건 다 특가법 대상임. 근데 무기 때렸단 얘기 들어 봤음?

─이거 사실상 밸런스 게임 아니냐.

감방 10년 살고 100억 받기 vs 그냥 살기.

─ㄹㅇㅋㅋㅋㅋ 무조건 전자. 안 하면 등신.

─돈 못 찾으면 그냥 끝난 거야. 근데 선산에 묻어 놨으면 답도 없겠네.


실시간으로 보도되는 뉴스에 네티즌들도 활활 타올랐다.

공정위는 '반인륜적 처사는 없을 것이라' 분명히 선을 그었지만, 당한 사람들 마음은 그게 아니었다.

소재지가 알려지자 이성을 잃은 사람들이 삽을 들고 경남 사천에 모였다.

"이거 놔요! 내 돈이 지금 저기에 묻혀 있다는 거 아니야!"

"경찰이 범죄자 편을 들어도 돼?!"

"묏자리고 자시고 내 돈 내놔! 이 새끼들아."

일대는 그야말로 아수라장이었다.

긴급 투입된 경찰들이 부랴부랴 파묘를 막긴 했지만, 이미 나무가 뽑히고, 봉분까지 무너져 내렸다.

그 뒤로 긴 행렬이 이어져 아예 선산 일대에 폴리스 라인이 그어졌다.

"네놈들이 사람 새끼야? 죽은 사람 묘지까지 파헤쳐?"

그 소식은 곧 대표 형제의 아버지인 김영호의 귀로 들어갔다.

김영호는 분을 주체하지 못하며 길길이 날뛰었다.

"뭐가 그렇게 화가 나세요. 부모님 묘지가 훼손된 거, 아니면 선산 압류당한 거."

"이 새끼가 그걸 말이라고!"

"이게 시작이지 끝이 아닙니다. 앞으로 돈 찾겠다고 덤벼드는 사람들은 더 많아질 거예요."

준철은 서류를 내밀었다.

"그러니 그만합시다. 지금은 저 사람들이 산을 찾아가지만 나중엔 사람도 찾아다닐 거예요."

"어린놈의 새끼가 어디 협박을."

"협박이 아니라 걱정입니다. 요즘 세상 흉흉해요. 금융 사기범의 가족이 다친 사례 많아요."

김영호는 잠시 입을 다물었다.

삽자루를 들고 몰려든 사람들을 보니 위압감이 드는 것도 사실이었다.

어쩌면 감옥이 안전할 수도 있겠단 생각마저 들었다.

"은닉 자금 어디 있습니까."

"……."

"선산에 있어요?"

"어, 없어. 없다고! 이렇게 떼쓴다고 쓴 돈이 다시 들어오는 건 아니잖아."

"선생님. 우리가 근거도 없이 이런 말 하겠습니까. 회사 지출 내역, 적자, 개인카드 내역 깡그리 다 뒤져서 나온 계산이 100억입니다."

"그 돈은 현금……."

"돈 100억을 어떻게 현금으로 써요."

"그럼 나도 몰라. 내가 애들 돈 쓰는 것까지 어떻게 알아."

"아버지인 김영호 씨가 이상한 업체까지 세워서 세탁 다 해 주셨던데. 왜 자꾸 모르는 척합니까."

오늘은 취조실의 분위기가 달랐다.

허튼소리를 일절 용납 안 하고 원하는 대답이 나올 때까지 묻는다.

준철도 조바심을 느끼는 중이었다.

자백이 안 나오면 단념하겠다고 국장님이 말씀하지 않았나. 여기서 끝나면 수사 실패다.

마음 같아선 정말 거꾸로 매달아 놓고 취조를 하고 싶다.

"김영호 씨. 자꾸 뭔가 오해하신 모양인데. 우리가 정말 저 땅을 팔기만 하려고 압류한 줄 아세요?"

"뭐?"

"수틀리면 저거 파낼 수도 있어요. 언론엔 나가지 않았지 만 우리도 모든 각오 하고 다 압류 진행한 겁니다."

절대 그래선 안 된다.

가장 안전한 곳이라 믿고 있었던 선산을 파내겠다니.

국민 정서상 묘지를 파는 패륜은 안 벌어질 줄 알았고, 그 래서 은닉처를 거기로 정했다.

근데 공정위가 이렇게까지 나올 줄이야.

망연자실한 놈의 얼굴이 모든 걸 말해 준다.

역시나 선산이 최적의 장소였다.

"우리 곧 첫 삽 뜰 겁니다. 나무 다 뽑고, 산 갈아서라도 이 돈 찾을 거예요."

"……꼭 이렇게까지 막장 짓을 해야 돼?"

한동안 고개를 묻던 놈이 고개를 들었다.

그러고는 경멸적으로 외쳤다.

"죽은 사람 눈에서까지 피눈물 뽑아야 성이 풀리겠어?"

"못 할 거 있나."

"뭐?"

"산 사람 피눈물 났는데, 죽은 사람 피눈물이 어때서. 은닉

자금 찾아낼 수 있으면 더 한 짓도 할 수 있어."

준철은 창백한 얼굴로 굳은 놈에게 서류를 건넸다.

"몇 년 살다 나올 생각일랑 마쇼. 우린 무조건 무기징역이니까."

"이게 무슨……."

"비자금 100억 소재지 안 밝히면 평생 자식들한테 사식 넣어 줘야 될 겁니다."

무기징역이란 말이 충격이었을까. 아님 사태를 보니 정말 무기징역이 떨어질 수도 있겠다 생각했나.

평소와 달리 김영호는 손을 바들바들 떨었다.

"곰곰이 잘 생각해 보세요. 어떤 게 옳은지."

그렇게 자리에서 일어설 때.

불쑥 차가운 손이 준철의 손목을 잡았다.

"무, 무기는 봐주실 수 없습니까."

그의 미세한 손 떨림이 손목을 타고 전신에 느껴졌다.

"그 돈 찾아오면 무기징역은 피할 수 있습니까."

역시 사람은 내리사랑인가 보다.

죽은 부모 얘기 꺼낼 땐 꿈쩍도 않던 놈이, 자식 얘기엔 모래성처럼 무너졌다.

질 끝판왕 사망

한명그룹
김성균 본부

노다지

경남 사천 일대 야산.

폴리스라인을 넘어 장정 여섯 명이 산을 올랐다.

아직 동도 트지 않은 까마득한 새벽이었다.

농민으로 위장한 장정들은 손전등에 의지한 채 한 지점에 집결했다.

"이게 뭐 하는 건지 원."

살다 보니 별일도 다 있다.

기업 회장들의 차명계좌는 찾아봤다만 삽질까지 하게 될 줄이야.

반원들은 작업복으로 갈아입으며 스산한 주변을 살폈다.

대대손손 조상 묘로 쓰이는 곳이라더니.

선산엔 조부모뿐 아니라 고조부 묘지까지 있었다.

"어째 으슬으슬하지 않나요……."

"삽질은 전역한 이후 처음인데……."

"반장님 이거 뭐 보여야 땅을 파죠. 기계라도 한 대 가져와야 하는 거 아닙니까."

김 반장은 몸뻬 바지를 벗으며 고개를 저었다.

"폴리스 라인 못 봤어? 지금 이 선산 뒤엎겠다고 다 벼르고 있다."

"아무리 그래도 이건……."

"꿍시렁거릴 시간에 한 삽이라도 더 파. 동트면 우리도 철수해야 돼."

현재 이 선산은 전국에서 가장 비싼 산이 되어 버렸다.

도굴꾼이 몇 차례 다녀갔는지 야산엔 벌써 나무가 뽑혀 있었고, 봉분도 성한 곳이 없었다.

"진짜 무덤까지 파는 건 아니죠. 나도 사람이 할 도리는 지키고 싶은데."

"걱정 마라. 이 위치엔 묘지 없다."

"안 나오면 어떡합니까. 주변 묘지까지 팔 수 있습니까."

"……모르겠다. 일단 파자."

맨땅에 헤딩하는 식으로 발굴 작업이 이뤄질 때, 멀찍이 김민호와 준철이 약속 장소에 도착했다.

"어떻게 됐습니까, 팀장님."

"일단 경찰 병력은 배치시켰는데 좀 서둘러 달랍니다."

"언제까지요?"

"늦어도 5시까지요."

"네? 지금이 3신데요. 두 시간 안으론 절대 못 찾습니다."

"이것도 경찰에서 많이 양보해 준 시간이에요. 요즘 이 일대가 4시만 돼도 시끌벅적하답니다."

한숨이 깊어지는 김 반장이다.

"근데 이거 있기는 할까요. 돈은 다른 데 숨겨 놨는데, 괜히 놈들 장단에 놀아나는 거 아닌지 모르겠습니다."

"그래도 별수 없습니다. 이거라도 해 보는 것밖엔."

"……알겠습니다. 작업 계속하죠."

김 반장이 물러가자 김민호가 말했다.

"분명히 있어. 없을 수가 없어. 만약 오늘 못 찾아내면 내일 또 올 거야. 찾을 때까지 올 거야."

숨은 비자금을 찾느냐 못 찾느냐에 따라 회원들에게 돌려줄 환불액이 달라진다. 그야말로 이번 사건의 마지막 퍼즐인 것이다.

김민호는 소매를 걷어붙이며 말을 이었다.

"우리도 얼른 돕자. 요즘 이 일대가 너무 흉흉해서 이틀 안으론 반드시 찾아야 돼."

"네. 김 팀장, 몸조심하세요."

흩어진 두 사람은 배정된 구역으로 가 하염없이 삽질을 시작했다.

야산(夜山)엔 곧 땅 파는 소리와 산 사람 신음 소리로 가득
찼다.

죽은 사람이 벌떡 일어나도 이상하지 않을 만큼 기이한 밤
이었다.

"뭐? 찾았다고?!"

당일 아침 동이 텄을 땐 공정위가 들썩거렸다.

"예. 야산 암매장지에서 찾았습니다."

누구보다 초조하게 결과를 기다렸던 이지성 국장은 흥분
을 감추지 못했다.

"얼마야."

"100억대랍니다. 80억은 해외, 차명계좌에 있었고, 나머진
현금으로 가지고 있었습니다. 다행히 돈가방에 계좌 다 들어
있었고요."

"우리가 추정한 돈은 얼마지?"

"저희도 100억대 예상했습니다. 이러면 비는 돈은 얼추 다
맞습니다."

안도의 한숨보단 다리가 후들거리는 보고였다.

진짜로 아주 작정을 한 놈들이구나. 만약 이 돈을 들고 야

반도주라도 했더라면…… 생각만으로도 머리가 아찔하다.

"근데 돈 찾은 시간이 7시대랍니다…… 하필 또 일대에 기자들이 진을 치고 있어서 저희가 선산 팠다는 건 알려질 것 같습니다."

"됐어. 돈 찾았으면 장땡이지. 그 두 사람 지금 어디있나."

"김 팀장은 허리를 다쳐 응급실에…… 이준철 팀장은 지금 올라오고 있는 중입니다."

연좌제, 부관참시, 패륜적 만행.

언론에 기사가 어떻게 나갈진 모르겠으나 이젠 다 필요 없다. 이지성 국장은 한결 가벼워진 얼굴로 고개를 돌렸다.

"오 과장. 이 돈 전부 추징하면 환불은 얼마나 해 줄 수 있지?"

"현재 10%대였는데, 이러면 40%까진 해 줄 수 있습니다."

"90%엔 한참 못 미치는구만."

"상당액은 다 적자로 나간 돈이라 더 추징하기엔 무립니다."

소비자분쟁조정위가 할 수 있는 일은 여기까지다.

약관에서 보장했던 90%엔 한참 못 미쳤지만 그래도 이 정도면 소기 목적은 이뤘다.

"그럼 이거 어떻게 지급할지 기획안 짜 와."

"네."

"그리고 다들 주목. 이제 돈 찾기는 끝났다. 지금부턴 놈들에게 얼마의 과징금을 매길지, 징역을 매길지가 문제야."

"네."

"희대의 폰지 사기 사건인데 솜방망이 처벌하면 욕을 더 먹겠지. 관련 판례 다 뒤져서 최대 형량 매겨 봐."

5년 이상은 무조건 받아 내야 한다.

특가법에 나와 있는 규정이니 절대 이 이하는 안 된다.

"그리고 최 과장. 지금 국세청도 추징 시작했다고?"

"네. 기업 자료 확인해 봤는데 다 이중장부였습니다. 소득 신고도 엉터리였고요. 조사4국에서 가산세 매길 거라 했습니다."

"비자금 찾아냈으니 당연히 놈들도 움직이겠지?"

"네. 아무래도⋯⋯."

"그거 협조 요청해서 뒤로 미루자. 일단은 소비자들 피해 보전이 먼저 아니야. 그거부터 갚자고 해."

찾은 비자금은 무조건 회원들에게 돌려주는 데 1차적으로 써야 한다.

설사 가산세를 못 받더라도, 과징금을 못 받더라도 피해 보전보다 먼저일 수는 없다.

아마 형제 대표 두 놈은 출소하고 나와서 평생 세금만 갚다가 인생을 종칠 것이다. 희대의 사기꾼들에겐 가장 적격인 형벌이다.

"아, 예. 알겠습니다."

"그리고 이 팀장은 언제 온대."

"아, 공정위에 오는 게 아니라 바로 구치소로 간답니다."

"구치소?"

"혹시나 돈이 더 있을 가능성도 있다고…… 대표 형제 만나기로 했습니다."

이 국장은 혀를 끌끌 찼다.

"그놈들 아주 독종한테 물렸구먼. 아무튼 오늘 내린 내 지시만 확실히 좀 해. 이제부턴 처벌에 집중하자."

"네, 알겠습니다."

❧

[속보 – 공정위, 대표 형제의 비자금 100억 발견]

[경남 사천에서의 수상한 행적, 공정위 파묘(破墓)했나?]

[공정위, 토지 매각을 위한 실측 작업. 파묘는 있을 수 없는 일]

–다음 소식입니다.

공정위가 출처를 따로 밝히지 않았지만 100억대의 비자금을 확보했다 발표했습니다. 상당수가 해외, 차명 계좌로 세탁되어 있었는데요. 이 중엔 20억 상당의 현금성 자산도 있었습니다.

소비자분쟁조정위원회는 이 돈을 최대한 피해자를 구제 방향으로 논의하겠다 했지만, 90%의 환불은 어려울 것이라 전망됩니다.

이미 바이포인트의 적자가 상당했다는 게 공정위의 설명입니다. 하지만 약관에 나와 있는 90%와 괴리가 너무 커 논란이 불가피할 전망입니다.

사천 일대에서 진을 치고 있던 기자들 덕에 소식은 금방 전파를 탔다.

누가 봐도 선산을 파고 나온 사람들이었지만, 100억대의 비자금을 파악했단 소식에 윤리적 논란은 별로 없었다.

세간의 관심은 오로지 돈이었다.

-환불 40%는 너무한 거 아니냐.

피해자들은 그럼 가만히 있다가 60% 손해를 본 거네?

-누적 적자가 상당하다잖아. 현실적인 부분도 있는 법이지.

-그래도 저 돈 찾아낸 게 어디임? 저거 못 찾았으면 환불 10%도 못 해 줌.

성에 찬 결과는 아니었지만, 그래도 공정위의 노력엔 모두 공감하는 분위기였다.

비자금을 찾은 것만으로도 다행이었다.

공정위가 입장을 밝히진 않았지만 대략 출처가 어딘지는 안다.

금융사기범의 조상묘까지 건드린 건 그야말로 할 수 있는 전부를 한 거다.


−이제 저것들 어떡하면 좋냐.

숨은 돈 더 있을 것 같은데 이대로 끝날 건 아니지?

−이제 과징금 때리고 형사처벌 시켜야지. 깜빵에서 나오게 하면 안 됨. 이제 감옥에서 나와도 평생 신용불량자로 살걸.

−역대급 사건이었다. 솜방망이 처벌하지 말아라.

−무기징역! 법적 근거가 없는 것도 아니니, 구형은 무조건 무기징역 불러라!


사태가 일단락되자 이젠 형량 이야기가 솔솔 나오기 시작했다.

"이젠 현실적으로 얘기해 보죠."

구치소에 도착한 준철은 형제 대표를 보며 말했다.

"찝찝해요. 우린 이거 말고도 돈이 더 있을 것 같거든요."

"……."

"나머지는 어디 있습니까."

"……."

사실 그렇게 생각하진 않았다.

기업 자료를 몇 개나 대조하며 파악한 돈인데. 아마 이게 놈들의 전부일 것이다.

하지만 그래도 혹시 모르니 놈들을 마른걸레 쥐어짜듯 몰아붙였다.

"어디 있습니까."

형제는 대답이 없었다.

사실 두 사람은 이미 취조실에 들어설 때부터 정상이 아닌 것처럼 보였다.

동생 김상기는 머리를 쥐어뜯으며 고개를 들지 못했고, 형 김상원은 넋이 나간 얼굴로 입을 다물지 못했다.

"돈 더 없습니까."

한동안 같은 질문만 계속하던 준철이 그쯤 멈췄다.

놈들의 넋 나간 얼굴이 모든 걸 말해 준다. 더 이상의 비자 금은 없고, 노후가 완전히 날아갔다는 걸.

이런 반응이 얼마나 다행인지 모른다.

"그나마 아버님이 현명한 선택하신 겁니다. 원래 우리 무기징역 부르려 했는데, 형량을 좀 낮춰 줄 생각이거든."

"……."

"그렇다고 형살이 끝나고 엉뚱한 짓할 생각 마세요. 과징 금 40억. 이게 당신들이 형살이 하고 나와서 갚아야 될 돈입 니다."

"……."

진짜로 패닉인가 보다.

취조실에서 한 시간이나 떠들었지만 돌아오는 대답은 없 었다.

그러게 왜 그랬냐. 어차피 이렇게 될 거.

그 말이 목 끝까지 나왔지만 내뱉지는 않았다. 지금 이 앞에 있는 놈들보다 더한 짓거리를 하고 산 놈이 누군가.

놈들의 모습에 짠한 기분이 느껴진다. 동병상련인가 보다.

"상기 씨, 상원 씨."

"……."

"저희 처벌은 여기서 끝이 아닙니다. 허위 직원 등록하고 월급 받아 간 친척들한테도 과징금이 나갈 거예요. 아버님이 가지고 계신 선산도 압류 대상입니다."

"……."

"꼭 그게 아니라도 조부모님 묘지는 이장하세요. 오늘 아침에 작업 나갔는데 전국에서 다 그 묘 파겠다고 덤벼들더군요."

"……."

"……법정에서 봅시다. 부디 뉘우쳤길 빕니다."

사기꾼은 잡혀도 3대가 먹고살 돈이 따로 있다는데. 이 경우엔 3대가 거의 멸족을 해 버렸다.

형제는 좌절과 절망감에서 헤어 나올 수가 없었다.

질 끝판왕 사망

한명그룹
김성균 본부장

대기업 집단 지정

종합국으로 복귀한 준철은 황당한 광경을 마주해야 했다.

"과장님. 이게 뭡니까."

"바가지야. 함으로 만든 바가지. 우리 땐 신부가 신랑 친구들한테 이 함 바가지를 샀었는데 요새 사람들은 이거 모르나?"

"⋯⋯함진아비요. 근데 이 바가지는 갑자기 왜."

"한 두어 개 깨라. 이게 액운을 막는 데 그렇게 좋단다."

빠직.

말이 끝나기 무섭게 바가지 깨는 소리가 들렸다.

영문을 몰라 눈만 끔뻑거리자 오 과장이 다그치듯 말했다.

"재수 없는 데 많이 돌아다녔잖아. 액땜 안 할 거야?"

"아······."

"세트로 한 열 개 사다 놨다. 가져가서 반원들한테도 돌려."

돈 찾으러 다닐 땐 의식하지 못했는데 지금 보니 정말 벼락 맞을 짓이다. 죽은 사람이 잠들어 있는 선산을 파헤쳤고, 본의 아니게 묘지도 이장하게 만들었다.

빠직, 빠직, 빠직!

한 개는 고인의 명복을 바라며.

한 개는 어찌 됐건 죄를 뉘우치며. 그리고 앞날을 기원하며 연달아 바가지 세 개를 깨뜨렸다.

"궂은일 하느라 고생했다. 이번 사건은 좀 싱숭생숭했지?"

"아닙니다. 바가지라도 깨니까 마음이 좀 놓이네요."

"김민호 팀장은 아예 응급실까지 갔다며?"

"네. 근데 허리 약간 삐끗한 거라 금방 퇴원했습니다."

"나머지 일은?"

"과징금, 형량 관련한 일은 김민호 팀장이 진행하기로 했습니다."

환불을 40%까지 끌어 올렸지만 이 또한 만족할 만한 액수가 아니다.

못 갚은 돈은 형량으로 죗값을 치러야 한다. 막대한 과징금이 부과될 것이니 사회에 나와선 평생 신용불량자로 살게 될 것이다.

"그럼 공식적으로 끝이네?"

"예. 근데 이놈들이 분명 3심까지 갈 놈들이라서……."

"너도 이제 미련 버려."

"예?"

"이젠 눈빛만 봐도 알겠어. 또 머릿속으로 과징금 얼마 때려야 될지, 형량은 얼마가 적당한지 계산하고 있지?"

"……."

"돈다발 그 정도 찾아냈으면 할 만큼 했다. 이제 우리 손을 떠난 문제야."

오 과장은 준철이 깬 바가지 파편들을 가리켰다. 주워 담을 수 없으니 이젠 하늘에 맡기자는 뜻이다.

"알겠습니다."

준철이 수긍하자 오 과장도 마음을 좀 놓으며 미안한 얘기를 전했다.

"수사 성과를 보면 금일봉이라도 내려줘야 하는 건데…… 알다시피 지금 웃을 분위기가 아니야."

"물론이죠. 회수 못 한 돈이 더 많습니다. 저희도 성공한 수사라고 생각하지 않습니다."

"이해해 준다면 고맙다. 어차피 우리 사건 아니라 내 결재는 따로 필요 없어. 이대로 업무 복귀해라."

"네. 그럼."

그렇게 꾸벅 인사를 하고 나갈 때, 오 과장이 다시 불렀다.

"바가지 중 하나는 김 팀장한테 전해 줘. 그 친구도 액땜은 해야지. 만약 법정에서 그놈들이 허튼소리 하면 그냥 머리통에 깨 버리라고 해."

"좋아하겠는데요. 흐흐. 꼭 그리 전하겠습니다."

별것 아니지만 이런 작은 이벤트를 준비한 오 과장이 새삼 고마웠다.

덕분에 이번 년엔 운수 대통할 것 같다.

세간을 떠들썩하게 만들었던 사건이 정리되며 공정위도 일상으로 돌아갔다.

준철은 밀린 민원 업무에 주력했는데, 함바가지가 정말 액운을 물리쳐 준 건지 한동안 큰 사건이 없었다.

하지만 모두가 순탄한 6월을 보냈던 것은 아니다.

─안녕하십니까, 국민 여러분. 공정위 부위원장 홍명준입니다.

금년에 선정된 대기업 목록에 대해서 발표드리겠습니다.

먼저, 공정거래위원회는 자산 총액 5조 이상인 기업을 [공시 대상 기업집단]으로 지정할 계획입니다.

또한, 자산 총액 10조 이상인 기업에 [상호 출자 제한 기업집단]으로 지정할 계획입니다.

공정위의 최대 이벤트라 할 수 있는 대기업 명단이 발표된 것이다.

–명단을 발표하기에 앞서 본 법의 취지를 설명드리겠습니다.

저희 공정위는 대기업 그룹의 경제력 집중을 막고, 계열사 간의 부당 지원을 방지하고자 매년 대기업을 선정하고 있습니다.

이는 내부자 거래, 일감 몰아주기, 편법 승계 등 오너 일가의 사익 편취를 막고자 하기 위함입니다.

이번에 선정된 대기업 집단은 보유 주식에 대한 공시 의무가 있고, 각 계열사 간에 출자 총액이 제한됩니다.

재계 순위까지 발표되는 이 행사는 명실상부 공정위의 최대 이벤트다.

비유하자면 약간 지명수배범을 발표하는 느낌인데, 대기업으로 선정되면 주식 변동 내역을 반드시 금감원에 신고해야 하며(공시 대상), 각 계열사 간의 주식 거래 및 자본 흐름이 차단된다.(출자 제한)

온갖 제약이 다 붙는 만큼 중견기업들이 가장 기피하는 발표라 할 수 있다.

그렇게 부위원장이 대기업 명단을 발표하고 있을 때.

종합국 오 과장실엔 낯선 이가 방문했다.

"윤 과장?"

"오랜만일세. 잘 지냈지?"

"우리야 뭐 별일 있나."

"요즘 아주 종합국의 활약이 대단하다고 하더만. 특수거래
과랑 바이포인트 맡았다며?"

"소문이 거기까지 났나."

"공정위에서 모를 사람이 없지. 종합국이 참 궂은일 잘 맡
아 주는 것 같아. 덕분에 우리 일이 편한 것 같네."

오 과장은 환한 미소로 그를 반겼지만 마음 한편이 떨떠름
했다.

상대방의 과한 칭찬은 늘 불순한 목적을 동반했다.

"그나저나 웬일이야. 오늘 자네들 많이 바쁘잖아. 대기업
집단 발표하는 날 아니야?"

"덕분에 무사히 끝났네. 부위원장님이 오전에 발표했어."

"그럼 고생한 팀장들 데리고 막걸리집이나 가지. 왜 이런
따분한 데를 왔어."

"겸사겸사. 얼굴도 볼 겸."

윤 과장 얼굴은 똥 마려운 강아지처럼 변했다. 1년 중 가장
바쁜 일을 마무리했단 성취감은 찾아볼 수 없었다.

젠장. 왜 불운한 직감은 틀린 법이 없는 거냐.

오 과장은 찻잔을 내려놨다.

"뜸 들이지 않아도 돼. 용건이 뭔가."

"그게 참……."

"혹시 이번 대기업 집단 선정과 관계된 일이야?"

윤 과장은 한숨을 내쉬며 조심히 끄덕였다.

**공정거래
위원회**

"기업 하나가 우릴 속인 것 같아. 지정 자료를 제출하라 했는데, 계열사 상당수를 누락시켰어."

"아니 왜……?"

"대기업 집단에 선정 안 되려는 수작이지."

오 과장은 이해할 수 없었다.

그런 짓을 하는 기업이라면 최소 규모가 10조 원 이상일 터. 대한민국 법이 아무리 우스워도 이건 물리적으로 숨길 수가 없는 규모다.

금방 꼬리가 잡힐 텐데 대체 왜?

"혹시 기업에서 실수를……."

"아니 고의가 명백해. 벌써 4년이나 속여 왔으니까."

"뭐? 4년?"

윤 과장은 분통을 터트리며 [태광건설] 자료를 내밀었다.

"사실 처음부터 말이 안 됐지. 작년엔 충청권 아파트를 거의 싹쓸이하다시피 가져갔는데 자산이 10조가 안 된다니."

"……계열사가 몇 갠데?"

"신고한 계열사는 30개. 근데 최소한 5곳 이상을 누락시켰어."

"그건 어떻게 파악했어?"

"태광건설 기업 자료를 보니 자꾸 이상한 업체에 일감을 주는 거야. 건설과 전혀 관계도 없는 무슨 배터리 회사. 수상하다 싶어 파 보니 송 회장 매제 이름으로 되어 있더군."

윤 과장은 주먹에 힘이 들어갔다.

이 짓거리를 막으려고 대기업 집단을 선정하고, 모든 계열사를 파악해 놓는 거다. 근데 마치 법을 비웃듯 명의 위장을 다 해 놨다.

"당연히 이 회사 실소유주는 송 회장이겠지."

"……진짜로 이걸 4년이나 했다는 거야?"

"그래. 사위, 사돈, 매제 가리지 않고 다 동원했어. 아직 증거는 못 잡았지만 다섯 곳은 무조건 송 회장 거야."

"진짜야…… 대기업 지정 피하려고 이런 간 큰 짓을 했다고?"

"그래! 출자 제한에 선정되면 뒷돈 못 빼먹으니까 꼼수 쓴거야. 아니지, 이미 이놈들은 빼돌린 돈이 수두룩할걸. 이거계열사 다 뒤지면 구린 돈 분명 나와."

여기까진 윤 과장의 추측이었으나 꽹장히 현실적인 얘기이기도 했다.

명의 위장 계열사는 횡령 업계의 줄기세포다.

위장 계열사로 빼돌린 돈을 국회 로비 창구로 쓸 수도 있고, 오너 일가의 용돈으로 쓸 수도 있고, 편법 승계를 위한 지렛대로 쓸 수도 있다.

어쩌면 이미 비자금을 조성했을지도 모른다.

윤 과장은 한숨을 내쉬는 오 과장에게 부탁 조로 말했다.

"나중에 일손 부족하면 도울게. 이 사건 한 번만 도와줘."

"……뭘 하면 되는데?"

"우리가 지금 의심하고 있는 다섯 개 계열사. 실소유주 밝혀내야 하는데 인력이 너무 부족해. 최소 두세 개의 팀을 더 동원해야 돼."

행위만 놓고 보면 당장 엄벌해야 할 일인데, 급하지 않다는 게 문제다. 어디 무슨 사고가 터진 것도 아니고, 분초를 다투는 일도 아니다.

이러면 당연히 조사 우선순위에 밀릴 수밖에 없다.

"2-3개 팀은 차출 못 해. 종합국도 만성 인력 부족이야."

"그러니 내가 찾아온 거 아니겠나. 부탁 좀 함세."

오 과장은 긴 한숨을 내쉬다 말을 이었다.

"1개 팀만 파견 보내지."

"오 과장……."

"대신 2-3인분 하는 놈이야. 믿고 맡겨도 돼."

시원치 않은 대답이었지만 윤 과장도 그쯤에서 만족할 수밖에 없다.

"고맙네."

그렇게 폭탄을 떠안게 된 오 과장은 얼마간 생각에 잠겼다.

회사가 성장세에 있는데 계열사를 숨긴 이유가 뭘까? 사세로 봐선 곧 대기업 집단에 선정될 텐데 말이다.

그것도 한두 해가 아니라 무려 4년이나 공정위를 속였다.

'젠장……'

어쩐지 구린내가 폴폴 났다.

밝히지 않은 계열사가 이미 오너 일가의 비자금 창구라면? 단순히 신고 의무 위반이 아니라 횡령 혐의로 검찰까지 투입되어야 한다.

똑똑.

"부르셨습니까, 과장님."

"응. 들어와."

준철은 갑작스러운 부름을 받고 과장실에 도착했다.

널브러진 서류만 봐도 대강 분위기를 알 수 있다. 복잡하고 골치 아픈 사건이 방금 이 과장실을 다녀갔다는 게.

긴장한 기색으로 눈치를 살피자 오 과장이 엉뚱한 말을 꺼냈다.

"이 팀장. 어떤 회장이 자꾸 계열사를 숨기는 것 같은데, 이거 이유가 뭘까?"

"……대기업입니까?"

"응. 몸뚱어리는 이미 대기업인데 자꾸 안 맞는 옷을 입으려고 한다네."

"혹시…… 오늘 발표한 대기업 집단 선정과 관련한 얘긴가요?"

오 과장은 헛웃음이 나왔다.

눈치 하난 기가 막힌 놈이다.

공정거래
위원회

"맞아. 사위, 사돈, 매제를 총동원해서 계열사를 숨겼다더군. 근데 이게 단순히 대기업 집단 지정을 피하려고 이러는 걸까?"

"절대 그럴 리 없습니다. 숨긴 계열사로 이미 구린 짓을 했으니 숨겼을 겁니다."

자신의 생각과 똑같은 얘기가 나오자 오 과장은 마음을 놓을 수 있었다.

적임자다.

"역시 이런 건 이 팀장이 제격이겠어."

"예?"

"기업집단과로 잠시 파견 좀 다녀와라. 회장님이 숨긴 계열사가 많단다. 얼마나 숨겼는지 파악하고, 그쪽에 보고해."

"하지만 전 경험이……."

"이게 그 기업 자료야. 별거 없더라."

준철은 쫓겨나다시피 과장실을 나왔다.

젠장. 그냥 모르겠는데요 한마디면 이렇게 귀찮은 사건은 안 받는 건데. 가만 보면 이 가벼운 입이 일을 버는 것 같다.

하지만 그런 푸념은 오래가지 않았다.

사무실로 돌아와 서류를 펼쳐 봤을 때. 잠시 다리가 휘청거렸다.


[태광건설 계열사 신고 목록]

[지정 자료 제출자: 송태수]

누구보다 잘 아는 건설 업계였다.

그리고…… 아는 사람이었다.

태광건설.

충청권에 기반을 둔 2군 건설사.

한명 그룹의 하청 물량을 많이 받아 갔던 건설사로, 나는 그를 회장이 아닌 송 사장으로 기억하고 있다. 그는 나이 어린 원청 임원이 반말을 찍찍 내뱉어도 얼굴색 하나 안 변하던 처세의 달인이었다.

사실 내가 이사로 있을 때만 해도 그들은 존재감이 크지 않았다.

정부 주관 사업을 단독으로 따낼 만한 규모도 아니었고, 시공 능력이 압도적으로 좋은 것도 아니었다.

그러던 기업이 갑자기 전국구로 세를 불렸고, 한명건설의 밥그릇까지 넘보게 됐다.

사실 언젠가는 태광건설이 전국구 건설사로 성장할 것 같은 느낌을 받았다.

내가 만나 본 송 사장은 무서울 정도로 수완이 뛰어난 사람이었으니.

"김 이사님. 그러지 말고 저희 쪽 제안을 들어 보시겠습니까."

"제안?"

"이번 공사를 300억에 넘겨주시지요. 그럼 저희가 고민하고 계신 문제 깔끔히 해결해 드리겠습니다."

"송 사장. 나 지금 계약서만 250억으로 쓰고, 230억 드리겠다 말하는 거요. 300억은 무슨 뚱딴지같은 소립니까."

"제가 사업체는 작아도 대기업 사정은 잘 압니다. 다운(업)계약서 요구하시는 이유가 결국 비자금이 필요해서 아닙니까."

"뭐⋯⋯?"

송태수 사장은 하청이었지만 꽤 어려운 상대였다. 여느 하청처럼 원청 임원 앞에서 주눅 드는 사람이 아니었으니.

그에게 부회장의 비자금을 간파당했을 땐 얼굴이 다 화끈거렸다.

"오해는 마십쇼. 누구를 위한 비자금인지는 저희도 모릅니다. 알고 싶지도 않고요."

"이미 아는 눈치 같은데."

"허허⋯⋯."

"계속해 보시오. 어디까지 알고 있지?"

잠시 뜸을 들였지만 그는 딱히 이 상황을 겁내고 있지 않았다.

"최영석 부회장님의 비자금 아닌지요."

"누구요. 둘째나 셋째가 송 사장한테 찔렀나."

"그럴 리가요. 회장님의 비자금이면 굳이 저희한테 다운

계약서를 부탁할 필요 없겠죠. 그룹 내부 사람은 다 알아도 되니까."

"……."

"근데 내부자들도 몰라야 할 비자금이면…… 아무래도 한 곳밖에 없더군요."

한 치도 틀리지 않는 그의 추측에 나는 할 말을 잃었다.

꼭 발가벗겨진 기분이었다.

"해서 이런 제안을 드리는 겁니다. 굳이 이중 삼중으로 돈 빼지 마시고, 성능 좋은 저희 세탁기 한번 믿어 보십쇼."

"원하는 게 뭐요."

"시멘트랑 철근 공사에 굳이 하청 두 개 쓸 필요 있습니까. 이런 말 뭣하지만 저희도 철근 잘 올립니다. 허허."

"일감을 몰아 달라?"

"예. 얼마의 돈이 필요한지는 모르지만, 저희에게 전부 위임해 주시면 필요한 액수 다 맞춰 놓겠습니다."

나는 피식 웃음이 났다.

이 좋은 약점을 쥐었는데, 원하는 게 겨우 물량이라고?

"뭐 그렇게 성능 좋은 세탁기면 우리도 마다할 이유가 없지."

"믿어 주셔서 감사합니다."

"아직 믿겠다는 말은 안 했습니다. 진짜로 원하는 게 뭐요. 수수료? 아니면 부회장님 약점 잡았으니 앞으로도 계속 일감 몰아 달라는 협박?"

놈은 나를 비웃듯 말했다.

"저희 같은 중소 건설이 어떻게 원청 약점을 잡아 협박을 합니까."

"그럼 용건을 말해 보시오."

"꼭 원하는 게 하나 있다면…… 작년에 장마가 좀 길지 않았습니까."

"돌려 말하지 않아도 됩니다."

"정부에서 수해 복구 사업을 크게 공모할 계획이더군요. 뭐 그 규모도 우리한테나 크지 한명건설한테는 간에 기별도 안 가는 규모일 겁니다."

"설마 입찰하지 말아 달란 뜻인가?"

"네. 이 공사 저희가 단독으로 따내고 싶습니다."

"겨우 우리 하나 따돌렸다고 그 공사가 태광한테 가겠소?"

"뒷일은 저희가 알아서 하겠습니다. 그 정도는 저희도 할 수 있습니다."

이놈들이 정계에 줄을 댄 건 아닐 테고.

아마 다른 대형 건설사들의 약점도 한두 개씩 쥐고 있는 것 같았다.

내가 놀란 건 놈의 자제심이었다.

어쩌면 후계 구도가 단숨에 뒤바뀔 수도 있는 약점을 잡았는데, 딱히 이용하려는 눈치가 아니다.

만약 수수료나 장기 거래를 요구했다면 골치가 좀 아팠겠지만, 정부 입찰 사업에 참여하지 말아 달란 건 딱히 그룹 입장에서 손해를 볼 일도 아니었다.

"송 사장. 세탁비치곤 너무 저렴한 거 아니요. 성능이 진짜 좋은 건지 의심이 되는데."

"염려 마십쇼. 제가 숨겨 놓은 계열사가 몇 개 됩니다. 처제, 처남 이름으로 되어 있는 회사라 금융권에서 절대 파악 못 하죠. 계약서대로 결재해 주시면 저희가 깨끗이 세탁해 돌려 드리겠습니다."

그자의 제안은 나의 구미를 확 당겼다.

그룹 내부자들까지 속이려 얼마나 골머리를 앓고 있었나.

그걸 한 번에 해결해 주겠다니 가뭄에 단비를 만난 것 같았다.

"숨긴 계열사가 많다…… 태광은 이런 일 많이 해 봤나 봅니다?"

"저희는 규모가 작아 금융 당국의 감시가 느슨한 편이잖습니까."

"믿을 만한지 모르겠군."

"김 이사님. 이거 사실 제가 아들놈한테 편법 승계하려고 꽁꽁 숨겨 둔 계열사들입니다. 저도 큰맘 먹고 도우려 하는데, 한번 믿어 주십쇼."

그 말까지 듣고 나서야 나의 경계심도 풀렸다.

공정거래
위원회

서로 약점을 공유했으니 일방적으로 배신하긴 힘들다.

"좋소. 그럼 한번 보고드려 보지."

"감사합니다. 아마 만족하실 겁니다. 하하."

그렇게 서로의 목적을 모두 달성하며 우리의 거래는 성공적으로 끝났다.

그해 태광건설은 수해 복구 사업을 싹쓸이했고, 이를 기회 삼아 2군 건설사도 졸업했다.

그게 송태수 사장과 나의 작은 인연이었다.

చ

충청권을 기반으로 급격히 성장한 태광건설.

더 이상 한명건설의 외주나 받아 가던 태광이 아니다. 한참 어린 원청 임원한테 반말 찍찍 듣던 송 사장도 아니다.

공정위에 신고된 계열사는 30개를 넘었고, 자산 총액은 9조 9천억을 훌쩍 넘는다.

건설 업계 시공 순위 탑 10에 이름을 올릴 정도니 이젠 회장이란 직함이 이상하지 않았다.

"발표 시작하지."

윤 과장의 지시가 떨어지자 피피티 화면엔 한 가계도가 그려졌다.

"이게 송태수 회장의 가계도입니다."

발표를 맡은 팀장이 리모컨을 누르니 작은 글씨로 각 계열사 이름이 빼곡히 들어찼다.

"그리고 이건 태광건설의 자(子)회사들입니다. 하늘인베스트는 부동산 임대 업종으로 자산 규모가 200억대입니다. 장남 이름으로 되어 있고, 계열사 중 가장 큰 놈이라 아마 승계 작업할 때 전면으로 떠오르지 않을까 합니다."

머리 큰 계열사 다섯 곳이 순식간에 지나가며 차남, 삼남 이름이 거론됐다.

대부분 미심쩍긴 했으나 그래도 건설과 관련한 업종이라 여기까진 이해할 수 있었다.

하지만

"그리고 여긴 주식회사 청람이란 곳인데 교육 서비스 업종입니다. 다음은 주식회사 버킷, 여긴 소프트웨어 개발 업체입니다."

수상한 계열사들이 슬슬 등장하자 윤 과장이 손을 들었다.

"건설 업체한테 교육 서비스가 왜 필요하지. 이 계열사들은 뭐 하는 데야?"

"파악은 안 됩니다만 매출 전액이 태광건설로 잡혀 있습니다."

윤 과장은 모두 아는 내용이었지만, 팀장들에게 중요한 내용을 숙지시키듯 예민한 질문을 계속해서 던졌다.

"지분은?"

공정거래
위원회

"모두 송 회장과 특수 관계인 100%입니다."

"그럼 이것들 다 일감 몰아주려고 세운 법인들 아니야?"

"네. 그 목적 외엔 설명이 안 됩니다. 다만 여기까진 저희 공정위에 신고된 계열사들입니다."

그래, 여기까진 모두가 다 하는 편법 사업이라 치자. 대기업치고 문어발 사업 안 하는 곳 없다.

하지만 피피티가 다음 장으로 넘어가자 곳곳에서 탄식이 흘러나왔다.

"하지만 이곳들은 아예 신고도 안 했더군요."

"여긴 뭐 하는 데야?"

"태광건설에서 일감을 많이 받아 갔던 하청들입니다. 배터리, 파이프, 물산 등 업종이 다양합니다. 근데 이 명의가 모두 송 회장 사위, 사돈, 매제 이름으로 되어 있었습니다."

송 회장이 누락시킨 계열사 다섯 곳의 정황이었다.

이곳은 모두 송 회장의 일가친척 이름으로 되어 있었는데, 공정위엔 신고되지 않았다.

"여기 자산 총액이 얼마나 되지?"

"다섯 곳 합친 규모가 총 3천억대입니다."

"그럼 합하면 10조가 넘네? 지금 태광이 우리한테 신고한 자산 총액이 9조 9천인데."

"네."

사실 숫자부터 구린내가 폴폴 풍긴다.

9조 9천억. 누가 봐도 출자 제한 10조를 회피하기 위해 어거지로 맞춘 숫자다.

"홍 팀장. 여기에서 혹시 민감한 이름 나온 거 있나?"

"다행히 정관계 인사들 이름은 나오지 않았습니다만, 아직 그 가능성을 배제할 수 없습니다."

회의실이 술렁거렸다.

건설은 정경 유착이 가장 많이 일어나는 업종이다. 국회의원이 로비를 받고 재개발을 인허가해 주는 사건은 뉴스에서 흔히 볼 수 있는 일이다.

"좋아. 이젠 팀장들 의견 들어 보지."

숨죽이던 팀장들은 기다렸다는 듯 열변을 토했다.

"다른 이유가 없을 것 같습니다. 출자 제한 기업 회피죠."

"계열사 간에 서로 구린 일을 많이 해 줬나 봅니다. 그러니 계열사를 숨겼죠."

"전 사실 거물급 의원이 연루되었을 가능성이 크다 봅니다. 위장 계열사를 통한 로비 사례도 있잖습니까."

"맞습니다. 이 계열사로 변호사비를 대납해 준 건 아닌지, 의원들 자제를 고용해서 리베이트를 한 건 아닌지 꼭 파헤쳐 봐야 합니다."

윤 과장은 말없이 고개만 끄덕였다.

"좋아. 모든 가능성 다 열어 놓고 준비한다. 드러난 게 이 정도지 이게 끝은 아니야. 누락 계열사 전부 파악해서 혹시

공정거래
위원회

정관계 인사들한테 흘러 들어간 거 있나 파악해."

"알겠습니다."

그렇게 회의가 끝나며 팀장들이 흩어졌지만, 준철은 답답함에 자리를 벗어날 수 없었다.

기업집단과는 대기업만 전문적으로 상대하는 곳이라 이 의도를 금방 파악할 줄 알았는데…… 역시 건설 업계에 대해 자세히 알진 못한다.

'너무 갔는데…….'

무슨 국회의원 로비인가?

금배지한테 줄 대고 싶은 기업인은 수백 명을 넘는다. 의원들도 검증된 기업에서 절대 탈 나지 않는 돈을 받지 무작정 다 받아 대는 게 아니다.

만약 받았다 하면 그 내용이 금방 기업 자료에 드러나게 되어 있다.

재건축 인허가가 갑자기 났거나.

그린벨트가 갑자기 해제됐거나,

층고 제한이 갑자기 풀리거나.

하지만 태광건설 시공 자료에 의하면 묻지마 허가는 보이지 않았다. 업계에 대해 잘 알지 못하니 장님 코끼리 더듬는식의 추측만 난무한 회의였다.

사실 준철은 몇 번이나 손을 들고 일어나고 싶었다.

놈들의 진짜 목적을 대강 알 것 같았기 때문이다.

'잘 참았다…….'

하지만 아직은 때가 아니다.

추측이 맞는다면 금방 그 내용이 나타날 것이다.

"회장님…… 이번엔 공정위가 그냥 물러날 것 같지 않습니다. 계속해서 누락 계열사를 추적 중이랍니다."

공정위의 소명장이 도착하자 태광건설엔 비상이 걸렸다.

급하게 모인 임원들은 모두 얼굴을 들지 못했다.

"4년 동안 다 잘 넘어갔던 문제야. 이제 와 왜 이러는 거야?"

"아무래도 이번엔 진짜 파악한 것 같습니다."

"뭐?"

"소명장을 보니 다섯 개 계열사는 확실히 찾았더군요."

"……공정위는 이미 내막을 알고 있는 듯합니다. 원하는 대답이 안 나오면 나올 때까지 파고들 것 같습니다."

누락된 다섯 개 계열사는 송 회장 며느리의 사촌, 사돈 조카, 배우자 외삼촌의 아들 등 한 다리 건너뛴 특수관계인들의 회사였다.

사실상 남이나 다름없었기에 절대 못 찾을 줄 알았는데, 이걸 파악해 낼 줄이야.

"이걸 대체 어떻게 파악했지?"

송 회장의 날 선 눈매가 돌아가자 임원들이 기다렸다는 듯 말을 이었다.

"회장님. 내부에서 새어 나간 정보는 절대 아닙니다."

"그럼 공정위가 내 족보를 다 파 봤나?"

"……태광건설과 3년 이상 거래한 기업은 모두 조사를 한 것 같습니다."

"……사실 건설과 전혀 무관한 기업들은 밝혀질 수밖에 없었습니다."

불쌍한 임원들이다.

회사 실적이 안 나와 까이는 쪼인트라면 이해라도 할 수 있다만 이건 커졌다고 눈치를 봐야 한다.

태광건설의 숨은 계열사는 총 아홉 곳이었고, 모두 송 회장 친인척의 친인척들로 이뤄진 회사였다. 이런 일을 벌인 이유는 막대한 상속세를 피하고, 개인 비자금을 마련하기 위해서지 결코 자신들을 위한 게 아니었다.

"그럼 이제 대책을 가져와. 이거 어떡할 거야."

"다, 다섯 개 기업은 인정하시지요."

"인정?"

"이건 건설과 전혀 무관한 업체라 변명이 안 됩니다. 아직 안 들킨 네 개를 위해서라도 이건 과감히 포기하는 게 좋겠습니다."

이게 지금 내릴 수 있는 가장 최선의 답변이었다.

아직 파악하지 못한 네 개야말로 알짜배기였으니.

송 회장은 크게 한숨을 내쉬더니 옆으로 눈을 돌렸다.

"김 실장. 이거 다섯 개 인정하면 어떻게 돼?"

"태광건설은 자산 총액 10조가 넘어갑니다."

"그럼 출자 제한 지정 못 피하겠네?"

"네. 계열사 간 지분 매수 금지 및 자금 지원도 안 됩니다. 근데 더 큰 문제는……."

"지금까지 이 계열사들 통해서 마련한 비자금도 모두 들키게 되겠군? 우리가 공정위를 4년 동안 속였단 것도 함께 들키고."

"네."

송 회장이 다시 임원들에게 눈을 돌렸다.

"오 상무. 비단 이거뿐이겠어?"

"……."

"상진물산은 우리가 기존 거래처 갈아 치우고 일감 몰아준 곳 아니야? 이게 사실상 내 법인이었다는 거 알려지면 나 감옥 가게 생겼네."

"아, 아닙니다. 회장님."

"그게 아닌데 왜 마땅한 대책이 안 나올꼬."

송 회장이 무언가를 원하는 듯한 뉘앙스로 물었지만, 임원들의 반응이 신통치 않았다.

공정거래
위원회

"대책이 진짜 없어?"

재차 물었지만 침묵만 흐를 뿐이다.

"꼴도 보기 싫은 놈들. 다들 나가 봐!"

임원들이 줄행랑치자, 회의실엔 세 사람만 남았다.

"확실히 내가 재벌 총수는 아닌 모양이야. 비자금 총대 메주겠다, 이 사태 책임지고 해결하겠다는 놈들 하나 없네."

"아버지…… 어차피 다 제 명의의 회사들인데……."

"쓸데없는 생각 마라. 너한테 똥물 묻힐 거면 이 짓거리 안했어."

김 실장은 고개를 살짝 숙였다.

"송구스럽습니다, 회장님. 근데 이미 드러난 게 많아 뒤집어쓰지도 못할 겁니다."

"그거 가능하게 해 줄 변호사들 널렸다."

"그럼 제가 물색 한번 해 볼까요."

"됐어. 저것들 꼬라지 보니 내부고발이나 안 하면 다행이야."

송 회장은 끌끌 혀를 차더니 서류를 들었다.

"김 실장. 우리 지금 지분 작업 얼마나 됐어?"

"딱 절반 정도 끝냈습니다. 근데 출자 제한 걸리면 더 이상은 무립니다."

"만약 이거 정석대로 물려주면 어떻게 될까?"

"아무리 많이 줄여도 최소 1천억 이상은 상속세로 나가야 합니다."

상속세 1천억.

욕지거리가 튀어나오는 말이다.

송 회장은 일평생 변방 건설사로 있던 사람이었지만 상속세의 무서움은 잘 알았다. 대기업 총수도 상속세를 내기 위해 신용 대출을 받고, 미술품을 팔고, 계열사를 정리한다.

그나마 우호 지분이 탄탄한 대기업이 이 정도였지, 한참 못 미치는 태광이라면 회사가 갈가리 찢어질 게 뻔했다.

"지금부터 나 죽을 때까지 버는 돈은 다 세금 내기 위해서 벌어야 할 돈이군."

송 회장이 담배를 물자 김 실장이 말을 이었다.

"회장님. 그래도 임원들이 낸 방안이 최선입니다."

"계열사 다섯 개 인정하라는 거?"

"네. 파악해 보니 이건 제가 생각해도 못 빠져나갈 것 같습니다."

"거기에 붙은 똥물은?"

"비자금이야 메꾸면 그만 아닙니까. 공정위도 과거에 일어난 죄에 대해선 적당히 눈감아 줄 겁니다. 하지만 저희 반응이 시원치 않으면 아직 안 들킨 네 개 계열사도 위험합니다."

안 들킨 네 개의 계열사.

그중엔 절대 드러나지 않아야 할 기업, 창진인베스트가 있다.

이곳은 태광건설의 분양 대행사로 오로지 승계 목적을 위해 설립된 회사다. 오직 그 목적으로 설립한 회사이기에 일감 몰아주기, 내부거래 등 온갖 추잡한 정황이 다 나와 있다.

"근데 이것까지 파악할 수 있을까? 은퇴한 임원들 이름으로 되어 있는 회산데."

"지금 공정위는 사돈의 8촌까지 다 뒤지고 있습니다."

"아버지. 이건 제 생각에도 그냥 자백하는 게 낫겠습니다. 본격적으로 파고들면 곧 들통날 겁니다."

창진인베스트는 건설과 관련된 업종이라 당국이 의심하기 힘들 것이다.

전직 임원들, 즉 진짜로 생판 남인 사람으로 세운 기업이라 추적하기 힘들 것이다.

……이런 가능성이 눈에 보였지만, 송 회장은 가까스로 자제심을 발휘했다.

"……그래, 인정하자."

호미로 막을 일을 가래로 막을 순 없는 법이니까.

"소명장에 밝혀. 우리 회사 맞다고. 단 이 다섯 개 회사에서 그쳐야 해."

"물론입니다. 임원들의 착오로 누락되었다고 꾸며 놓겠습니다. 고작해야 과징금이 전부일 겁니다."

"그건 김 실장이 알아서 잘할 거고. 그리고 선물 좀 준비해 봐. 전직 임원들한테 줄 거."

"알겠습니다. 근데 혹시…… 만나실 계획입니까?"

"왜 안 되나?"

"안팎으로 어수선한데 조심하는 게 어떨까 싶어서요."

"걱정 마. 그거 만난다고 잡아가면 공정위가 이미 나 노리고 있었던 거지. 오랜만에 옛날 사람들 생각 많이 나는구만."

김 실장은 그 말을 믿지 않았다.

전직 임원들 다 등 떠밀어서 쫓아낸 사람들 아닌가.

하지만 내부 정보를 많이 알고 있는 놈들이라 불만은 잠재워야 했다. 해서 계열사 몇 개를 맡기고 배당금을 챙겨 주며 돈으로 입을 막았다.

이번에도 그리움 때문이 아니라 입단속을 위해 만나는 만남이다.

"신수가 훤해졌군. 요즘은 어떻게 지내나?"

"은퇴한 임원이 뭐 별일 있겠습니까. 봄에는 꽃놀이, 여름엔 물놀이죠. 이번엔 오사카까지 가서 벚꽃 구경하다 다녀왔습니다."

"제수씨가 아주 좋아했겠군."

"네. 은퇴하고 나니 집사람한테 아주 꼼짝을 못 하겠습니다. 밥 세 끼 얻어먹으려면 운전이라도 잘해야 돼요."

"제수씨 볼 면목이 없네. 이렇게 가정적인 사람을 매일 퇴근도 안 시키고 부려 먹었으니."

"아이고. 회장님께서 보살펴 주신 덕에 말년에 이런 팔자 누려 봅니다. 늘 신경 써 주셔서 감사합니다."

4년 전에 은퇴한 임진수 사장은 밝은 얼굴로 인사를 나눴지만 긴장한 기색을 감출 수 없었다.

태광건설의 개국공신이나 다름없는 그다.

송 회장이 갑자기 약속을 잡았을 때부터 큰 사건이 터졌음을 짐작할 수 있었다.

"회장님께선 어떻게 지내셨습니까."

"하루하루가 전쟁이지. 이거 수습하면 저거 터지고, 저거 수습하면 다음 거 터지고. 끝이 없네 아주."

"하면 이제 부담을 나누시지요. 송 사장도 이제 4년 차 아닙니까."

"지훈이? 아직 멀었어. 이제 겨우 일만 할 줄 알지, 위기 대처 능력이 제로야. 이럴 줄 알았으면 그놈을 부사장으로 진급시키고 자네 밑에서 더 배우게 했어야 하는데."

임 사장이 퇴직한 자리는 송 회장의 장남인 송지훈에게로 넘어갔다.

당시 30대 중반이었던 송지훈의 발령을 두고 내부에선 많은 우려가 속출했다. 불만을 잠재우는 과정에서 피도 많이 봤지만, 송 회장의 경영 승계 의지는 꺾을 수 없었다.

임진수는 다 지나간 애기가 다시 등장하자 회사가 난처한 상황이란 걸 확신할 수 있었다.

"회장님. 혹시 무슨 일 있습니까?"

"자네는 못 속이겠군."

"무슨 일인데요."

"대기업 집단 지정. 이번엔 못 넘어갈 것 같아. 공정위에서 소명 요구가 왔네."

"네? 아니 이걸 어떻게……."

"4년이면 많이 속였지. 누락된 계열사 몇 곳을 파악한 모양이야."

임진수의 얼굴이 덩달아 굳었다.

그게 어떤 회사인지 누구보다 잘 안다. 심지어 그중 가장 공을 들이고 있는 창진인베스트는 현재 그의 지분이 100%인 회사였다.

"공정위가 어디까지 파악한 겁니까?"

"다섯 곳은 정확하게 알고 있는 것 같아. 일단 이것만 인정해도 우리 자산 총액은 10조가 넘어."

10조면 출자 제한 집단.

각 계열사의 지분 거래가 막힌다.

눈치 빠른 임 사장은 오늘 왜 회장이 자신을 불렀는지 바로 이해할 수 있었다.

"혹시…… 인정하시기로 한 겁니까."

**공정거래
위원회**

"백방으로 알아봤는데 별수가 없군. 이젠 회사가 커져서 대기업 지정 피할 수도 없겠네."

"그럼 좋은 일 아닙니까. 하하. 잘 생각하셨습니다. 제가 곁에 있었다면 꼭 그렇게 하시라 말씀드렸을 겁니다."

임 사장은 미련 없이 말을 꺼냈다.

"그럼 이제 제가 창진인베스트를 맡고 있을 이유가 없군요."

"신세 많이 졌네."

"아닙니다. 회장님께서 배당금을 두둑이 챙겨 주신 덕에 오히려 저야말로 늘 감사했습니다."

임 사장은 명함 하나를 송 회장에게 건넸다.

"제 지분은 모두 이쪽으로 해 놓겠습니다. 이번 일 정리되면 송 사장에게 지분 넘겨주세요."

"고맙네. 내가 내일 미팅이 있어서 오래는 못 마시는데, 반주라도 한잔할까."

"아닙니다, 회장님. 심란하실 텐데 일찍 들어가십쇼."

그렇게 자리를 나온 임 사장은 헛헛한 기분에 잠겼다.

송 회장이 2세 경영을 선언하고 많은 창립 멤버들이 물갈이를 당했다. 송지훈이 사장 자리를 꿰차고 왔으니, 졸지에 자신은 구세력의 상징이 되어 버렸다.

그 과정에서 섭섭함도 많고, 불만도 많았지만 자신은 송 회장을 욕할 자격이 없다 생각했다. 송 회장이 창진인베스트의 지분을 주며 4년 동안 자신을 챙겨 줬기 때문이다.

그리고 이제 곧 자신은 여기에서도 손을 떼게 된다.

이제야말로 진짜 은퇴란 생각이 들며, 지난 회사 생활이
머릿속을 스쳐 갔다.

공정거래
위원회

질 끝판왕 사망

한명그룹
김성균 본부장

배보다 큰 배꼽

"뭐? 인정을 했다고?"

"예. 지금 태광건설 부회장이 찾아왔습니다. 계열사 파악할 때 착오가 있었다는군요. 저희가 문제 삼은 다섯 곳 모두 순순히 인정하겠답니다."

"부회장이 그놈인가. 송 회장 장남?"

"아니요. 그건 송지훈 사장입니다. 부회장은 그냥 임원 중 하나입니다."

원하는 답변이 보름도 채 되지 않아 나왔지만 윤 과장은 열만 더 뻗쳤다.

현재 파악된 다섯 개 계열사는 모두 송 회장 주변 인물들 회사로, 절대 임원들의 착오로 벌어질 수 없는 실수다.

"아무래도 태광은 부회장의 업무상 과실로 얘기를 정리한 것 같습니다."

"지금 이게 한두 번 있었던 일이 아닌데?"

"부회장이 4년치 누락 혐의를 모두 인정했습니다…… 과장님, 이거라도 사법 처리시킬까요?"

업무상 과실.

최대 형량이 1년이었나, 2년이었나. 솔직히 기억도 나지 않는다. 기업인한테 이 정도 가지고 실형이 떨어진 사례는 없었으니 사법 처리도 사실상 의미가 없다.

"됐다. 먼저 한 톨 찾았다고 요란 떨면 우리 꼴만 우스워지지. 규모도 인정했나?"

"네. 3천억대 지분 다 인정했습니다. 이렇게 되면 태광건설은 자산 총액이 10조를 넘어 출자 제한 집단 대상입니다."

여기까지가 기업집단과의 역할이다. 놈들의 빠른 자백으로 기대 이상의 빠른 성과가 나왔다.

하지만 윤 과장은 머릿속을 떠나지 않는 이 찜찜함을 지울 수 없었다.

"부회장 그놈 아직 안 갔지?"

"예. 아직 조사실에 있습니다. 근데 1시에 중요한 미팅이 있다고 일정을 맞춰 달라는……."

"아주 상전이 따로 없구만. 앞장서라. 내가 직접 만나 봐야겠다."

공정거래
위원회

윤 과장은 자백하러 온 놈의 얼굴을 보자 부아가 치밀었다.

묘하게 고압적인 태도. 심심찮게 드러나는 웃음. 이건 아무리 봐도 자백하러 온 놈의 상판대기가 아니다.

"모쪼록 선처 부탁드립니다. 저희도 아직 규모가 큰 건 아니라 이런 대기업 관행에 대해 잘 몰랐습니다."

"대기업 관행이라…… 누락된 계열사들을 보니 이미 대기업 다 되셨던데요."

"송구스럽습니다."

"진짜로 송구스러우면 책임 있는 사람을 이 자리에 보냈어야지."

"지정 자료 준비했던 게 접니다. 법적 책임을 원하시면 모든 처벌을 달게 받겠습니다."

"그래요? 우릴 속인 게 벌써 4년인데, 정말 각오가 돼 있는 것 맞습니까?"

윤 과장이 변죽을 올리자 부회장도 곧 본색을 드러냈다.

"과장님. 하시고 싶은 말이 뭡니까."

"태광건설은 이미 4년 전에 자산 총액 10조가 넘었어. 그간 대기업 지정을 피한 이유가 뭐요."

"착오……."

"착오 같은 소리 하지 마시고. 본 목적을 말해 보시오."

부회장은 수세에 몰렸지만 얼굴에 비열한 웃음이 가득했다.

"혹시 저희한테 듣고 싶은 대답이 따로 있는 모양이지요?"

"줄 대려고 계열사 속인 거 아니요."

"무슨 말인지."

"송 회장이 이 회사로 비자금 많이 조성했더군. 이거 다 로비 자금으로 쓰인 거 아니요?"

전혀 엉뚱한 지적이 나왔을 때, 부회장이 코웃음을 터트렸다.

"저희가 국회에 로비를 댔다 이 말씀입니까?"

"우린 그 가능성도 열어 두고 있소."

"제가 지금 조사를 받는 건지 공상과학소설을 읽는 건지 모르겠습니다."

"뭐?"

"그렇게 자신 있으면 의심되는 거 다 까 보십쇼. 우리가 로비를 해서 공사 땄으면 뭐 그린벨트 해제나 재개발 인허가 같은 게 금방 나오겠네요."

그런 내역은 없다. 공사로 번 돈을 속였지, 공사 자체를 위법하게 따내진 않았으니.

윤 과장이 미간을 굳히자 부회장의 웃음소리가 더욱 커졌다.

"착오는 인정하겠습니다만 공정위의 과잉 의혹에 대해선 저희도 엄정 대응하겠습니다."

"엄정 대응? 지금 우리한테 협박하는 건가."

"협박이 아니라 부탁을 드리는 겁니다. 저희 태광도 이번 대기업 집단 선정을 브랜드 인지도를 높이는 기회로 삼고자 합니다. 물론 그 과정에서 여러 실수가 있었지요. 그 책임에 대해 모두 인정하고, 반성합니다. 모쪼록 선처 부탁드립니다."

부회장이 다시 고개를 꾸벅 숙이자 윤 과장은 할 말을 잃었다.

아무리 봐도 수상하긴 한데, 드러난 사건만으론 이게 할 수 있는 최선이었다.

면담을 끝난 윤 과장은 곧 전 팀장들을 소집했다.

준철도 사건이 개운치 않게 끝났으며, 과장님이 망신까지 당했단 소식을 들었지만 예상외로 윤 과장 얼굴은 한결 가벼웠다.

"그만하자. 내가 그 정도로 겁줬는데 저렇게 나오는 거 보면 더 이상 없는 게 맞아."

윤 과장의 말이 끝나자 팀장들이 거들었다.

"네. 뭐 여의도 비자금 이런 문제는 아닌 것 같습니다."

"사실 저흰 대기업 선정만 하면 되는 거 아닙니까. 놈들이 자백 빨리했으니 오히려 성공한 겁니다."

윤 과장은 고개를 끄덕이며 시선을 돌렸다.

"유 팀장. 다섯 개 계열사에서 돈 샌 흔적 있나?"

"네. 비자금을 상당히 챙겼던데, 이거 신고하면서 전부 메워 놨습니다. 아무래도 목적 자체가 비자금 조성이었던 것 같습니다. 어떻게 이거라도……."

"됐다. 비자금 다 채워 놨으면 우리도 문제 삼지 않는다. 홍 팀장."

"예. 과장님."

"자기들이 신고 누락했다는 거 시인했으니까 과징금도 승복할 거야. 최대치로 매겨. 처벌은 이걸로 끝내자."

고작 이 정도 사안 가지고 실형이나 집행유예가 떨어지진 않을 것이니, 형사소송은 의미가 없다.

팀장들도 윤 과장의 당연한 지시에 모두 수긍하는 분위기였다.

"과장님. 그럼 이번 사건은 여기서 끝내는 겁니까?"

"응. 이 팀장, 파견 나와 줘서 고맙다. 싱겁게 끝나긴 했지만 우리 본연의 목적은 이뤘으니 여기서 끝낼 거야. 왜, 뭐 더 하고 싶은 말 있나?"

"이 자백은 꼬리 자르기 아닐까요……?"

"뭐?"

"이렇게 순순히 자백하는 게 아무리 봐도 납득이 안 됩니다. 더 중요한 계열사를 감추기 위한 꼬리 자르기 같습니다."

절대로 안 된다.

대기업 집단 선정은 놈들의 최종 목적지가 아닌 과정 중 하나일 뿐이다. 그 선정을 왜 피하려 했는지 이유도 듣지 못했는데 여기서 끝낼 수 없다.

하지만 이런 바람과 달리 윤 과장은 이미 체념한 얼굴이었다.

"무슨 말인지 알아. 당연히 이놈들 꿍꿍이가 더 있겠지. 하지만 빈대 한 마리 잡자고 초가삼간을 다 태울 순 없다. 여의도에 로비 자금을 흘렸거나, 공사를 불법적으로 승인받았거나 하는 정도의 문제가 아니면, 이 이상 무리야."

사실 건설사 비자금 문제는 해마다 끊이지 않은 논란이다.

송 회장도 다른 총수들 다 하는 정도의 비자금을 조성해 왔지만, 공정위 신고를 앞두고 모두 원상복귀시켰으니 더 이상 문제 삼긴 힘들다.

"하지만……."

준철은 무어라 더 말을 떼려다 말고 주저했다.

윤 과장의 체념보다 더욱 무서운 건 주변 팀장들의 살벌한 눈빛이었다. 그들은 다 끝나 가는 사건에 계속 불 지피려 드는 준철에게 살기 가득한 눈으로 쏘아 댔다.

"이 팀장님. 의혹 제기는 좋습니다만 뭐 좀 근거가 있어야 하는 거 아닙니까."

"지금 저놈들은 우리의 과잉 조사를 법적 대응하겠다 나오고 있어요."

"작은 의심 가지고 이 사건 더 진행하는 건 무리가 있어 보입니다."

젠장.

분명 더 있을 것 같은데, 파면 나올 것 같은데 이걸로 끝인가.

준철도 해당 사건을 조사하며 태광건설의 모든 계열사를 다 파헤쳐 본 참이었다. 그냥 파헤친 게 아니라 거의 현미경으로 들여다보듯 검토했다.

하지만 송 회장의 실력은 죽지 않았다.

밤을 새워 가며 파악한바, 위장 계열사는 다섯 곳이 전부였다. 더러 의심되는 게 몇 개 더 보이긴 했지만, 그리 큰 계열사는 아니었다.

"그건 없습니다만, 놈들이 대기업 선정을 왜 회피하려 했는지 그 이유는 들어야……."

"무슨 이유가 있겠습니까. 오너 일가의 비자금 창구였겠지."

"근데 빼돌린 거 다 채워 났으니, 더 이상 문제 삼을 수 없습니다."

한마디 하면 열 마디의 반박이 나온다.

팀장들의 날 선 반응에 윤 과장이 안쓰러운 얼굴로 제지했다.

"그만들 해. 충분히 해 볼 만한 의심이야. 놈들의 작태가 이해 안 되는 건 나도 사실이니까."

"……."

"이 팀장, 좋은 의견 고맙네. 하지만 이쯤 하자. 우리 목적은 대기업 집단 선정이었어. 예상외로 빠르게 해결됐으니 충분히 성공한 조사야."

"알겠습니다. 괜한 얘기 꺼내서 죄송합니다."

사냥감의 꼬리만 겨우 잡았는데 이게 정말 성공한 수사일까.

윤 과장의 자축이 귀에 들어오지 않는다. 답답한 현실에 분노만 드는 준철이었다.

❀

"어떻게 됐습니까?"

"보기 좋게 깨졌네요."

회의실에서 있었던 굴욕을 말해 주자 반원들 표정도 붉어졌다.

"어휴. 그러게 팀장님 왜 고생을 사서 하세요. 뭐 대기업 선정 하고 말고는 딱히 우리 일도 아니잖아요."

"이만하면 성공한 수사 맞아요. 뚜렷한 증거 없이 덤비면 저희도 위험합니다."

사고 치기 좋아하는 팀장 때문에 반원들도 밤낮없이 계열사 조사에 들어갔다. 하지만 다섯 곳의 계열사 말곤 크게 이상해 보이는 정황을 발견하지 못했다.

나오는 게 쥐뿔 없었으니 반원들도 윤 과장의 결정에 수긍했다.

"왜요? 팀장님은 아직도 찜찜하세요?"

"4년 동안 공정위에 숨겨 오다가 갑자기 인정해 버린다는 게…… 전 납득이 안 돼요."

"그래도 인정하겠다잖습니까. 그 다섯 개는."

"……."

"미련 버리세요. 솔직히 이것들 너무 치밀해서 상대하기 싫습니다."

반원들까지 만류하자 준철의 생각도 바뀌었다.

어쩌면 나 자신의 착각일 수도 있다. 과거의 악연 때문에 태광이 비리 기업이라는 편견이 생겼을지도 모른다.

뭐 대기업 집단에 지정되면 앞으론 당국의 살벌한 감시를 받게 될 터. 이쯤에서 마무리하는 게 옳은 선택은 아니더라도 현명한 선택은 맞다.

"죄송하게 됐습니다. 그럼 저도 그만하겠습니다."

"생각 잘하셨어요."

공정거래
위원회

"저 자료실 좀 다녀올게요."

준철은 서류를 들며 한결 가벼운 얼굴로 자리에서 일어났다.

하지만 혼자 남게 됐을 땐 또다시 얼굴이 복잡해졌다.

'이건 아무리 봐도 편법승계인데.'

놈들이 왜 이런 짓을 벌였을까에 대해 깊이 고민해 봤다. 그 고민에 끝에 나온 결론은 편법승계였으며, 이 예상이 맞는다면 수상한 계열사가 더 발견되어야 한다.

하지만 이 잡듯 뒤져 봐도 송 회장의 장남 송지훈과 관련한 회사는 보이지 않았다.

'송 회장 족보를 다 까 봤는데 이게 왜 안 나오지……?'

설마 족보가 아닌 사람을 통해 지분 세탁을 한 건 아닐까?

무수히 많은 의심들이 또 쏟아졌지만 준철은 이내 고개를 저었다.

내부에서 다 반대하는 수사를 혼자 우겨 가며 진행시킬 생각은 없었다. 그들을 설득할 만한 결정적 증거도 나온 게 전혀 없었으니.

"됐다. 나도 그만하자."

그렇게 준철은 복잡한 생각을 비우며 태광건설 자료를 파쇄기에 넣으려 했다.

하지만 그때.

"윽…… 악!"

불명의 통증이 다시 찾아왔다.

❧

"사냥이 끝나면 사냥개부터 잡는다더니. 송 회장이 저럴 줄 몰랐습니다."

"회장은 염병. 건설 업계에서 누가 송태수를 회장으로 인정해 줘? 1군 건설사들 비자금 조성해 주고, 하청받아 가면서 큰 게 태광이야."

"그렇게 궂은일 할 땐 평생 함께할 것처럼 말하더니."

송 회장의 2세 경영 선언으로 가장 피해를 본 이는 구 임원진이었다.

'쇄신'이란 미명하에 창립 멤버들을 대거 학살했으니.

물론 어느 조직이나 리더가 바뀌면 아랫물도 바뀌기 마련이다. 하지만 여기에도 속도라는 게 있다. 회장님의 건강이 악화되거나, 더 이상 업무를 볼 수 없을 때 서서히 넘어가는 게 경영권 아닌가?

하지만 건강이 멀쩡한 송 회장은 조바심 부리듯 2세 경영을 선언했다.

"까놓고 말해 상속세 피하려고 지금부터 승계 작업한 거 아니야. 대기업 집단 지정되면 감시 많아지니까 지금 서두르는 거지."

"대체 왜 우리가 왜 여기에 희생돼야 해?"

대화를 여과 없이 듣던 준철은 무릎을 탁 쳤다.

역시 대기업 집단 지정은 최종 목적이 아니었다. 진목적은
승계 작업이었구나.

"그러지 말고 우리도 확 까 버릴까요. 내가 아는 송 회장
뒷계열사만 해도 다섯 곳이 넘습니다."

"송 회장 여기로 비자금도 마련 많이 했어요. 이거 공정위
에 신고해 버리면 아주 볼만할 겁니다."

임원들이 복수심에 불타오를 때 한 사내가 찬물을 끼얹었
다.

"유 전무. 그렇게 해서 자네한테 남는 게 뭔데."

"뭐…… 남는 건 없는 일이지만."

"분풀이야? 그럼 속이라도 시원해져?"

"임 사장님. 그게 아니라."

"그거 까면 자네들도 무사하지 못해. 공사할 때 기자재 빼
돌린 거 없어? 하청한테 리베이트받은 거 없어? 그거 다 문
제 삼으면 퇴직하고 집으로 가는 게 아니라 감방으로 가야
할 텐데."

임진수 사장은 목소리를 높이다 잠시 숨을 골랐다.

"억울한 마음은 알아. 좀 더 일할 수 있는데, 갑자기 2세
경영 한답시고 임원 정리하니 속 터지겠지."

"……."

"근데 여기까지가 우리의 역할이야. 태광? 다른 대기업처럼 우호 지분 탄탄한 게 아니라 상속세 다 내면 경영권 휘청거린다. 우리가 젊음을 바쳐 만든 회사, 그 꼴 나게 할 거야?"

임원들은 숨소리도 내지 못했다.

형제간 경영권 다툼으로 진흙탕 싸움을 해 대다 사분오열된 대기업이 한둘인가. 젊음을 바쳐 이룩한 회사가 그리 무너지는 건 이들도 바라지 않았다.

이와 별개로 임진수의 말은 아무도 반박할 수 없었다.

사장 자리를 송 회장의 장남에게 물려주며 졸지에 구세력의 상징이 된 인물 아닌가. 구세력의 구심점인 그의 말은 아무도 거역할 수 없었다.

"내 말이 거칠었다면 미안하네."

"아, 아닙니다. 저희 억울함이 어떻게 임 사장님께 비교되겠습니까."

"그래도 회장님이 돈으로 사람 섭섭하게 하는 사람 아니야. 자네들이 못 받게 될 월급까지 포함, 퇴직금은 넉넉히 챙겨 줄 걸세."

임 사장은 그렇게 임원들의 불만을 모두 잠재우고 돌려보냈다.

모두들 물러갔지만 옆에 남아 눈치를 살피는 이도 있었다.

"사장님. 정말 괜찮으십니까."

"왜, 부사장은 아직 욕심이 남았어?"

"저야 뭐 형님이 물러나신다면 따라갈 겁니다. 근데 송 회장이 형님께 이래선 안 되죠. 비자금 대신 뒤집어써 준 게 몇 번인데, 이렇게 쫓아냅니까."

옛 생각이 났는지 임 사장은 쓴웃음을 지었다.

"그래서 챙겨 주잖아. 창진인베스트."

"그게 뭐 형님한테 준 회사입니까? 장남한테 다이렉트로 주기 뭐하니까 잠시 맡겨 놓은 거지. 차라리 지분을 요구하십쇼."

"됐다. 은퇴하는 사람이 회사 지분 쥐고 있어서 뭐 해. 어차피 태광건설 분양 업무는 다 창진인베스트가 독점할 거야. 주식보다 여기서 나온 배당금이 더 쏠쏠할 거다."

"형님 그게 아니잖습니까. 지저분한 회사 맡고 있다고 나중에 무슨 욕을 보시려고요. 우리 나이에 형살이 하면 돈도 다 소용없습니다."

임 사장의 얼굴이 잠시 흔들렸다.

상속세를 피하기 위해 만든 위장 계열사. 목적 자체가 불순하니 당국에 들키면 형살이까지 각오해야 한다.

"걱정 마. 그렇게 허술한 회사는 아니니까."

"에휴…… 그럼 언제까지 맡아 달랍니까."

"대기업 집단 지정되기 전까지."

"출자 제한 지정되기 전까지 지분 정리하려 그러는 겁니까."

"뭐 그러겠지. 안 그래도 그 시간 벌려고 내부에서 고민이 많아."

"그럼 공정위한테 신고도 허위로 해야겠군요."

쓸쓸한 한숨이 나왔다.

"만약 문제 생기면 공정위에 바로 이실직고하십쇼. 깊게 연루되면 형님도 무사치 못할 겁니다."

이 모든 사달이 다 그놈의 상속세 때문이다.

"걱정 마. 회장님은 그래도 사람 챙기는 사람이야."

하지만 임 사장은 아직 송 회장을 믿고 싶었다.

아직 자신에 대한 신뢰를 거두지 않았다고. 그렇기 때문에 가장 중요한 뒷계열사를 맡겨 두는 것이라고.

한동안 배당금을 두둑이 받을 것이니 개인적으로 욕심이 나는 자리기도 했다.

왜 놓치고 있었을까.

송 회장이 임원들 명의로도 위장 계열사를 숨길 수 있다는 걸! 심지어 여긴 건설과 관계된 업종이라 아무도 문제 있는 곳이라 파악하지 못했다.

불명의 대화를 들은 준철은 바로 창진인베스트의 뒷조사에 들어갔다.

문제는 곧바로 드러났다.

건설사는 아파트를 만들고 이를 판매해 줄 분양 대행업체를 쓰는데, 태광은 거의 모든 물량을 창진인베스트에게 넘겼다.

창진의 기업 자료를 보니 심할 땐 영업이익의 99%가 다 태광이었다.

'이거 일감 몰아주기잖아.'

만약 업계에서 믿을 만한 분양 대행사였다면 이 결과에 납득이 갔을 것이다. 하지만 창진은 겨우 4년 차 회사로 업계에서 검증이 되지 않은 회사였다.

더욱 웃긴 것은 배보다 배꼽이 더 커졌다는 것이다.

창진인베스트는 본격적으로 일감을 몰아 받으며 순이익이 6천억을 돌파했는데, 이는 원청인 태광건설보다 3배가량 높은 수치였다.

'이거 완전 미친놈들이네.'

말이 안 된다. 아파트를 짓는 놈보다 어떻게 파는 놈 매출이 더 큰가.

만약 이게 정상적인 원하청 관계였다면, 원청에서 수수료를 낮추라 압박했을 것이고 어떻게든 이익을 환수하려 했을 것이다.

하지만 기업 자료엔 그런 과정이 나오지 않았다.

'젠장.'

사실 실적이 큰 임원들에게 계열사를 떼 주며 독립시켜 주는 건 건설 업계에 흔한 관행이다.

하지만 그것도 시멘트 업체, 철근 업체 같은 소일거리를 넘겨주는 정도지 이렇게 일감을 몰아주는 정도는 아니다.

이런 파격적인 대우는 승계 작업 아니고서야 설명할 길이 없다.

바지사장이 잠시 맡아 두다가 이 계열사의 지분을 장남에게로 이전시킨다면 돈 한 푼 들지 않고 깔끔한 승계가 펼쳐질 것이다.

'지독히도 준비했구만.'

그렇게 서류 검토가 끝났을 때, 준철은 묘한 자괴감이 들었다.

은퇴한 임원은 그걸 회장의 배려라고 생각했을 것이다. 두둑한 배당금까지 챙겨 줬으니, 회장이 고마웠을 것이다.

하지만 제3자의 시선으로 보니 바보도 이런 바보가 없다. 정황 다 정리되면 배당금 토해 내는 건 물론 형살이까지 각오해야 할 텐데.

과거에 많이 봤던 모습이라, 마음이 이중으로 괴로웠다.

॰

태광건설의 대기업 선정은 순조롭게 이어지며 사건은 마

무리된 듯 보였다.

공정위는 곧 태광건설을 출자 제한 집단으로 발표했고, 10억 대 정도의 과징금 발표만 앞두고 있었다.

하지만 느닷없는 보고가 올라왔을 때 윤 과장을 포함한 모두가 입을 다물지 못했다.

"승계 작업입니다. 창진인베스트도 사실상 송 회장 회삽니다."

준철이 날밤 새워 가며 준비한 자료를 검토했을 땐 곳곳에서 탄식이 나왔다.

건설업과 관련한 업종은 수사 범위에 두지 않았는데, 지금 보니 너무나 이상한 회사다.

윤 과장은 표정을 추스르며 되물었다.

"그러니까 우리가 파악한 다섯 개 계열사가 끝이 아니었단 거네?"

"네. 중요한 계열사는 임원들 명의로 세워 뒀습니다. 저희는 계속해서 송 회장 혈연만 파서 이걸 놓친 것 같습니다. 근데 임원도 핵심 측근입니다."

준철이 숨도 쉬지 않고 보고를 이어 대자 팀장들이 달려들었다.

"과장님 그래도 이건 아닙니다."

"이건 엄밀히 말해 송 회장 회사가 아니에요. 퇴직한 임원은 사실상 남 아닙니까."

준철이 되받아쳤다.

"며느리의 조카, 사위의 삼촌의 아들도 사실상 남이죠."

"그 남이랑 이 남은 달라요. 그리고 이건 이 팀장이 건설업에 대해 잘 몰라서 하는 소리예요. 원래 건설사들은 퇴직한 임원들한테 작은 계열사 하나 정도는 넘겨준다고."

"맞습니다. 이 분양업체도 그냥 송 회장이 퇴직한 임원들 챙겨 주려고 세운 회사 아닐까요."

준철은 쓴웃음을 지었다.

"보통 그런 계열사는 아주 작은 걸로 넘겨주죠. 시멘트나 철근 같은 거. 근데 이건 다릅니다. 분양 대행사의 순이익이 태광건설보다 3배나 많아요."

그 얘기엔 아무도 반박할 수 없었다.

"만약 이게 자기 사업이라면 납득이 되죠."

"그럼 이놈들 시나리오가 뭐야?"

"지금 창진인베스트의 지분은 임진수 전 사장이 100%인데. 이걸 장남 송지훈에게 넘기면 완벽한 승계입니다."

"상속세 한 푼 안 내고?"

"네."

굳어 가는 팀장들과 달리 윤 과장 얼굴엔 희미한 웃음이 번지기 시작했다.

이제야 좀 납득이 된다.

큰 싸움을 피하기 위해 이번 사건을 여기서 끝내려 했지만, 근원적인 의문이 풀린 게 아니었다.

놈들은 왜 대기업 집단 선정을 피하려 했을까?

왜 4년이나 공정위를 속여 왔을까?

준철의 보고서는 그 의문을 단박에 해결해 주었다. 상속세를 내지 않기 위해 그간 뒷계열사를 숨겨 왔던 것이고 기업 자료를 보니 이를 뒷받침할 만한 근거가 많다.

그리 생각하고 있을 때, 팀장들이 또 산통을 깨 버렸다.

"과장님. 엄밀히 말해 상속세는 국세청 소관 아닙니까……."

"저희가 다루기엔 좀 애매한 부분이 있습니다."

"의심되면 일단 조사4국에 협조 요청해 보시지요."

윤 과장은 이들을 물끄러미 보다 말했다.

"협조? 짬 때리자는 게 아니고?"

"과, 과장님."

"일감 몰아주기는 우리 업무지, 국세청 업무 아니야."

"하지만 이건 몰아주기였다고 보기 힘듭니다. 표면적으로 창진인베스트는 태광건설과 관계가 없습니다."

"그럼 설명들을 해 봐. 아파트 지어서 번 돈보다, 분양 대행사가 돈을 더 많이 벌었네?"

"……."

"이게 무슨 특허라도 있는 하청이면 이해라도 되지. 건설 업체보다 더 많은 게 분양 대행사다. 송 회장은 왜 이 비싼 대행사 쓴 거야?"

어차피 내 회사니까.

그 한마디면 모든 게 설명이 되는 정황이다.

"하자."

윤 과장은 곧 지시를 내렸다.

"이대로 덮는 건 나도 찝찝했어. 배보다 배꼽이 더 큰 정황이 나왔는데 난 이대로 못 덮겠다."

"……."

"이 팀장. 그 창진인베스트 대표라는 놈 소환해 봐."

"예! 알겠습니다."

수사 재개를 결정한 공정위는 타깃을 바꾸었다.

송 회장의 뒷계열사 파악보다, 왜 그가 뒷계열사를 만들었는지가 중요해진 시점이다.

편법 승계로 가닥을 잡은 만큼, 타깃은 바로 장남 송지훈 사장으로 변경됐고, 태광건설 전직 임원들까지 참고인 범위가 넓어졌다.

"일단 이 전직 임원 다섯 명부터 참고인으로 불러."

"네. 과장님. 근데 전직 임원까지 부르려면 검찰에 고발부터 해야 합니다."

"불가피하겠군. 해야지 그럼."

"검찰에 고발하면 언론도 곧 냄새를 맡을 텐데요."

"왜? 외부로 새어 나가면 안 돼?"

공론화되면 반드시 수사 성과를 내야 하는데 반가울 리 있나.

"걱정 마라. 어차피 이놈들 누락 계열사는 다 인정했잖아. 실패하면 그걸로 둘러대면 돼."

모두들 한숨을 내쉬며 돌아갈 때 준철에겐 특별한 지시가 떨어졌다.

"이 팀장이 송 사장 맡아라."

"아, 예. 장남요."

"이 모든 사달이 다 자기 경영권 승계 때문이니 많이 심란해할 거야. 알고 있는 것도 많을 테고."

"근데…… 변호사 끼고 출두할 겁니다. 불리할 것 같다 싶은 진술은 변호사가 칼같이 차단할 거고요."

"자네가 앓는 소리도 할 줄 아는군. 자신 없어? 그럼 내가 맡을까."

"그 말씀이 아니라 좀 수사 수위를 높여 보는 게 어떨지."

"설마 영장까지 쳐 달라는 거야?"

"온실 속에 화초처럼 자란 도련님 아닙니까. 구속이란 말만 들어도 손이 달달 떨릴 겁니다."

"그렇다고 어떻게 영장을 쳐. 어쨌거나 이 사건은 송 회장의 뒷계열사 사건이야. 장남은 연루 혐의가 없어."

"꼬투리 잡을 건 넘쳐 납니다. 태광건설의 지분 1%는 이미 장남에게 이전됐더군요. 상속세 한 푼 없이."

8년 전 태광건설 임원으로 진급한 송지훈은 스톡옵션 지분을 받았다.

성과급 개념으로 모든 임원들에게 뿌린 주식이었지만 이는 눈속임이었다.

다른 임원이 10억대 스톡옵션을 받을 때, 송지훈만 200억대 옵션을 받았으니.

당연히 이렇게 과한 성과급은 주총에서 거부당하기 마련이다. 하지만 송 회장은 임직원들의 성과를 송지훈에게 몰아주며 지급 명분을 세워 버렸다.

"기업 자료를 보면 태광의 아파트 물량을 다 송지훈이 따낸 것처럼 포장이 되어 있었습니다. 인센티브 명분 세워 주려고 실적 몰아준 거죠."

"그래도 이건 너무 치사한 거 아닌가."

"영장이 꼭 안 나와도 좋습니다. 하지만 문제 삼을 수 있다는 것만 보여 줘도 큰 압박이 될 겁니다."

윤 과장은 혀를 한번 차더니 마지못해 끄덕였다.

"겁은 적당히 줘. 난 이거 가지고 진짜 영장까지 받아 낼 마음은 없다."

"알겠습니다. 근데 과장님. 지금은 송 사장보다 창진인베스트 대표인 임 사장이 제일 중요한데……."

"놈은 내가 직접 만나 볼 거야."

윤 과장의 표정이 어두워졌다.

지금까지의 정황을 파악한바, 송 회장에게 가장 충성심을 보이고 있는 놈이 바로 임진수였다.

이놈 입에서 편법 승계였다는 자백이 나오면 모든 사건이 끝나지만…… 솔직히 자신 없는 문제다.

"자백이 쉽게 안 나올 텐데요……."

"나도 협상 카드 쓸 줄 안다. 창진 기업 자료 보니 아주 배당금 잔치를 벌였어. 만약 이번 사건에서 원하는 결과 안 나오면 난 이놈 횡령으로 고발해 버릴 거야. 뭐 국세청에 세무조사 한번 해 달라 하면 먼지 하나 안 나올까."

나오는 먼지야 많겠지만 그런다고 진실을 말해 줄까.

솔직히 준철도 자신 없었다.

임 사장에게는 틈이 보이지 않는다. 이미 다년간 회장의 죄를 많이 뒤집어써 봤고, 취조실 출석 횟수도 많다. 오너 일가의 안위를 위해서라면 살인죄도 뒤집어써 줄 사람이다.

"걱정 마라. 찔러서 피 한 방울 안 나오는 사람 없더라. 막상 지가 죽을 것 같다 싶으면 주인 물게 돼 있어."

과연 그럴까.

김성균은 죽을 때까지 부회장님만 민다가 죽었는데.

"왜? 내가 못 할까 봐?"

"아, 아닙니다."

"이 일은 내게 맡기고 이 팀장은 송지훈이한테만 집중해.

그놈을 최대한 많이 괴롭혀 놔야 송 회장도 꿈틀한다."

"알겠습니다."

이튿날.

윤 과장의 지시대로 전직 임원들이 무더기로 소환되었다.

이들은 현직에 있을 때 송 회장의 뒷계열사들을 관리한 임원들로, 중요한 증인이 되어 줄 사람들이었다.

공정위는 파악한 계열사들을 일일이 나열하며 송 회장과의 연관성을 제시했다.

"이미 다섯 개는 송 회장도 인정했어요. 나머지 네 개만 진술해 주시면 됩니다."

"이보쇼. 이거 어차피 다 대기업 집단 선정 때문에 이러는 거 아니요. 다섯 개 파악해서 10조 넘었다더구만."

귀찮다는 말투.

고압적인 태도.

현직에 있는 부회장은 공정위를 어려워하는 기색이라도 있었는데, 전직 임원들은 그런 것도 없다.

"그럼 거기서 끝낼 것이지 왜 퇴직한 사람까지 오라 가라요."

"목표가 바뀌었거든."

"뭐?"

"송 회장이 무슨 계열사를 숨겼는지가 아니라 왜 숨겼는지를 찾아내고 있소."

"그런 얘기는 당사자한테 직접 물어보쇼. 퇴직한 지 4년이나 지난 사람 불러와서 이게 뭐 하는 짓이야."

"그거 다 당신들이 현직에 있을 때 일조한 회사 아니오."

"뭐야?"

"특정 회사로 일감을 몰아준 건 당신들이 하셨더군. 최종 결재 라인이 다 당신들 이름이야."

"……"

"일감을 몰아준 이유가 편법 상속 때문인 것 같은데, 맞습니까?"

한자리에 모인 임원들은 사색이 됐다.

인정하는 답변은 없었지만 이 정도면 자백이나 다름없다.

"우리한테 원하는 정보가 뭐요."

"송 회장의 나머지 계열사. 이건 일가친척도 아니고, 임원들 이름으로 세운 것도 아닌데 당신들은 그 연관성을 알 것 같네요."

"모릅니다."

"이거 왜 이러실까. 여러분은 더 이상 태광건설의 임원이 아닙니다. 송 회장 감싸 준다고 뭐 떡고물이나 떨어지겠어."

"모른다니까!"

"그럼 조사 더 받으셔야겠네."

이들은 공정위 팀장이 내민 서류에 눈알이 튀어나올 만큼 커졌다.

"고, 고발?"

"부당 계열사 지원, 일감 몰아주기, 다운계약서. 이거 다 당신들이 사인한 서류에서 발견된 죄목들입니다."

"이게 대체 언제 적 일인데!"

"우리도 귀찮게 이거 다 죄 묻고 싶지 않아요. 알고 있는 얘기만 해 주시면 댁으로 보내 드리겠습니다."

그 한마디에 취조실 분위기가 완전히 반전되었다.

나올 때 퇴직금을 두둑이 받았다만 어차피 이젠 관련 없는 회사 아닌가.

임원들은 슬금슬금 무너지기 시작했고 뒷계열사에 대한 단서가 하나둘씩 모이기 시작했다. 하지만 가장 중요한 창진 인베스트는 이 임원들도 모르는 계열사였다.

⟳

조사가 막힘없이 뻥뻥 뚫리기만 했던 것은 아니다.

핵심 인물 두 놈 중 하나를 맡게 된 준철은 진땀을 빼고 있었다.

"계속 이렇게 하실 거예요?"

"뭐가요?"

"벌써 두 시간째 같은 대답만 되풀이하고 있잖아요."

"그게 사실이래두."

"당사자가 직접 대답해 보십쇼. 저분은 말 못 합니까."

"내가 법률 대리인 변호사요. 별걸 다 시비네."

소환된 송지훈은 한마디도 입을 떼지 않고 변호사만 나불 댔다.

그룹 차원에서 혼자 안 보낼 줄은 알았다만 이 정도로 철 통방어를 칠 줄이야.

"스톡옵션 건은 뭐 보는 시각에 따라 과한 인센티브일 수 도 있겠네. 문제가 된다면 여기에 대한 상속세를 내겠습니다. 한데 무슨 계열사 하나를 합병시켜 편법 승계를 준비한 다 같은 억측은 사절입니다."

준철은 싱긋 웃은 변호사를 노려보더니 고개를 돌렸다.

"송지훈 씨. 정말 당사자는 한마디도 안 할 겁니까."

대답이 없었다.

"애석하네요. 이렇게 비협조적으로 나오시면 저희도 영장 칠 수밖에."

"영장?"

"태광건설의 분양 업무를 모두 창진인베스트로 줬는데, 최 종 결재자가 송 사장이네요? 우린 이거 일감 몰아주기로 볼 겁니다. 더 싼 분양 대행사가 없었는지, 이 업체는 무슨 경쟁

력을 갖추고 있었는지 한번 파악해 보죠."

"그 무슨 말도 안 되는……."

"잠깐만요."

역시나 영장 청구만큼 효과적인 수단이 없다.

최종 결재자가 적힌 서류를 들고 살랑살랑 흔들자 드디어 놈이 입을 열었다.

"뭐…… 영장을 치는 건 공정위 마음이지만. 왜 자꾸 저에게 말씀을 시키시려는지 모르겠네요."

"송 사장님. 제가 제안 하나만 드리겠습니다. 비디오 끄고, 녹음기도 끌 테니 저랑 5분만 독대하시죠."

"독……대?"

"그건 안 돼! 당신 왜 자꾸 의뢰인이랑 변호사를 떼 놓으려 안달이야."

"딱 5분이 끝나면 돌려보내 드리겠습니다. 영장도 당연히 없던 얘기로 할 거고요."

변호사가 또다시 달려들었지만 이번엔 송지훈이 그를 말렸다.

"무슨 얘기를 하시려고 그런 배려를 해 주십니까?"

"개인적인 질문 하나만 하겠습니다. 비디오 끄고, 녹음기도 끄고."

송지훈은 취조실 안에 있는 거울을 물끄러미 보더니 고개를 돌렸다.

"변호사님. 이 약속 어기면 어차피 법적 효력은 없죠? 불법 녹취가 될 테니까."

"송 사장님, 그건 안 돼요. 회장님 말씀을 잊으셨……."

"어차피 지금 이대로 계속 가도 답은 없겠네요. 우리 팀장님도 보통 독종은 아니신데."

송지훈의 결심이 굳은 걸 확인한 변호사들은 무겁게 엉덩이를 들었다.

"만약 허튼수작 부리는 거면 각오하쇼. 불법 녹취는 우리도 가만 안 있어."

준철을 보며 한마디 쏘아 대는 것도 잊지 않았다.

그렇게 주변 사람이 나가고 둘만 남게 되자 송지훈이 먼저 말문을 열었다.

"개인적으로 궁금한 게 뭡니까?"

"어차피 당신한테 자백받을 생각 없었어. 자백이 나와도 임원들이 하겠지."

"뭐예요. 변호사들 내보내고 한다는 게 고작 협박입니까."

초반엔 얼굴도 못 들던 놈이 이젠 웃음까지 보인다.

취조 분위기를 보니 창진인베스트는 감출 수 있다 판단한 모양이다.

"그건 아니고. 임진수 씨가 들으면 좀 슬퍼할 얘기가 있어서."

"말해 보쇼."

"창진인베스트…… 우리가 보기엔 편법 상속을 위해 세운 뒷계열사 같지만 뭐 아니라고 칩시다. 근데 여기 대표를 맡고 있는 임진수 씨는 법적 책임을 못 피할 거요."

"책임?"

"허위 법인이라 그런지 배당금 잔치를 하셨더군. 법인 돈 이렇게 함부로 쓰면 세무조사 못 피합니다. 우리가 횡령으로 고발하면 임진수 씨 형살이도 각오해야 할 거요."

일말의 죄책감이라도 보일 줄 알았다.

하지만 놈의 입가에선 비웃음만 나왔다.

"그래서요?"

"불쌍하지 않습니까. 평생 당신들을 위해 개처럼 일한 사람인데."

"……."

"어차피 당신들은 편법 승계 못 빠져나가. 죄 없는 사람이라도 풀어 줍시다."

부회장이라면 어떤 대답을 했을까.

감정이입하지 않으려 애를 썼는데, 마음이 계속 동요하는 건 어쩔 수 없나 보다.

송지훈은 머리를 긁적이더니 다시 준철을 봤다.

"뭐 세무조사를 하든 구속을 하든 마음대로 하쇼. 아, 나랑 상관없는 회사라니까 왜 자꾸 물어."

텁텁한 취조를 끝내고 돌아오니 윤 과장의 굳은 얼굴이 기다리고 있었다.

한눈에 봐도 알 수 있다. 얘기가 잘 풀리지 않았다는 걸.

"송지훈이 쪽은 어땠어?"

"……소득이 없었습니다. 구속영장 얘기까지 꺼내 봤습니다만 겁먹는 기색이 아니더군요."

"카메라 끄고 독대까지 해 봤다며. 무슨 얘길 했지?"

"이 사건으로 임 사장이 형살이를 할 수도 있다 했습니다."

소용없었을 거다.

그들에게 임원은 사람이 아니라 소모품이다. 주군을 위해 죽는 장수가 대수겠는가.

"임 사장은 어땠습니까."

"충심이 보통 아니더라. 송 회장이 자기 은퇴하고 나서 챙겨 준 회사라 하더군."

"말도 안 됩니다. 그런 회사에 이렇게 일감을 몰아줬을 리 없습니다."

"그놈은 이 말도 안 되는 폭탄을 혼자 떠안을 생각인가 봐."

창진인베스트는 분명 송 회장의 뒷계열사다. 하지만 일감을 몰아 받았단 정황 말고는 이걸 입증할 방법이 없다.

유일하게 기댈 수 있는 건 창진의 소유주인 임 사장의 자백이지만 그것도 요원해 보인다.

　답답한 상황에 서로 한숨만 내쉬고 있을 때, 준철이 말을 이었다.

　"과장님. 혹시 제가 한번 만나 봐도 되겠습니까."

　"누구? 임 사장?"

　"네. 제가 한번 취조해 보겠습니다."

　"소용 없대두. 솔직히 이 사건 처벌은 미미할 거다. 고작해야 일감 몰아주기로 과징금 몇 억이지. 놈도 그걸 잘 아니 저렇게 버티는 거야."

　"저도 처벌 얘긴 안 꺼낼 겁니다. 그냥 자신이 얼마나 이용당하고 살았는지만 이해시켜 주겠습니다."

　윤 과장의 한쪽 눈썹이 올라갔다.

　"무슨 말이야?"

　"개도 꼬리 밟히면 주인 뭅니다. 송지훈한테 임 사장 얘길 꺼내니 헌신짝처럼 내팽개치더군요."

　"그런 얘기야 놈도 어느 정도 짐작하고 있을 텐데."

　"각오한 일이라 해도 막상 당하면 심정이 또 다릅니다. 슬쩍 건드려 보고 반응이 어떨지 보고 싶습니다."

　배신감.

　충심을 단번에 증오로 바꿀 수 있는 무서운 감정이다. 님이라는 글자에 점 하나를 찍으면 남이 아니라, 남보다 더 못

한 사이가 된다.

당해 봐서 더 잘 안다.

아직도 한명 그룹에게 당한 배신에 치가 떨리며, 단 한 순간도 최영석 부회장을 잊어 본 적이 없다.

"대신 카메라, 녹취 끄고 좀 편안한 분위기에서 만나 보고 싶습니다."

이런 문제를 차치하더라도 임진수의 취조는 꼭 한번 해 보고 싶었다. 죽기 전 김성균의 마지막 모습이지 않았을까.

윤 과장은 조금 당황한 얼굴이었지만 고민이 길진 않았다.

지금은 모든 수단과 방법을 다 동원해 놈의 자백을 받아 내야 한다. 편법 상속 입증 못 하면 조사 실패나 다름없다.

"그래. 들어가 봐. 대신 녹취 없다고 너무 이상한 말 꺼내지 마. 괜히 절차적 문제에 흠 잡혀서 역공당하고 싶진 않다."

"네, 알겠습니다."

❧

무거운 마음으로 취조실 문을 여니, 임 사장이 설렁탕을 비우고 있었다.

그는 힐끗 살피더니 다시 밥그릇에 집중했다.

"6시간이나 취조를 해 대더니, 아직 할 얘기가 더 남아 있는 거요?"

"식사 다 마치셨습니까."

"내 숱하게 검찰 취조실 와 봤지만 저녁까지 얻어먹는 건 처음이네."

"그럼 취조 시작하겠습니다."

준철이 서류를 들자 그가 쾅 소리를 내며 숟가락을 놓았다.

"젊은 팀장님, 그만합시다. 내가 취조실에서 설렁탕, 육개장을 한두 번 먹어 봤겠소. 당신들이 원하는 대답은 절대 안 나와."

"혹시 모르죠. 몇 그릇 더 잡수시면 생각이 바뀔지도."

"뭐?"

"저도 여기서 설렁탕 많이 먹어 봤는데, 먹을 때마다 체하더군요. 내 잘못도 아니고 남 잘못인데 왜 내가 이런 고초를 겪어야 하나…… 그런 인간적인 자괴감이 들지 않습니까?"

먹다 만 밥그릇만 봐도 놈의 심정을 알 수 있다.

의연한 척해 대지만 속은 전혀 그렇지 않다는 걸.

"젊은 팀장님. 뭔 얘긴진 모르겠다만 지금 허튼소리나 지껄이려고 온 거요?"

그의 말에 아랑곳 않고 준철은 서류를 쓱 내밀었다.

"창진인베스트. 누구 겁니까?"

"말하지 않았소. 내 회사야. 회장님이 전직 임원들 챙겨 준다고 분양 업무를 다 이쪽에 맡겼어. 공무원들 퇴직하고 연금 받듯이, 우리도 회장님께 노후 선물 받은 거야."

"그거 치곤 물량이 너무 많던데요. 자사 물량의 99%를 다 창진에 준 거 아닙니까."

"내가 그래서 혐의를 부정했소? 이걸 일감 몰아주기로 처벌한다면 달게 받겠다잖아. 근데 무슨 편법 승계를 위한 회사네 뭐네 떠들어 대는 건 그만해. 당신들이 잘못 짚었어."

윤 과장 말대로 놈은 단단했다.

송 회장이 퇴직 후에도 자신을 챙겨 줬다는 거에 감사함을 느끼는 것 같았다.

"딱하구만. 내가 보기엔 퇴직한 임원 단물까지 쏙 빼먹는 걸로 보이는데, 이걸 노후 선물로 생각하다니."

"뭐?"

"임진수 씨. 현실을 직시하세요. 당신은 더 이상 태광건설에서 쓸모가 없어졌습니다. 송 회장은 마침 지저분한 일을 하나 해야 했는데, 해결사가 필요했고요. 내가 송 회장이었다면 참 고민됐을 겁니다. 회사 맡겨 놨는데, 딴 맘 먹고 날름 먹어 버리면 어떻게 하나 하고요."

"지금 무슨 소리를……"

"회사를 안전하게 맡아 줄 충성심이 검증된 사람. 두둑한 수수료를 줘도 별반 아깝지 않은 사람. 여차해서 문제 생겨도 알아서 뒤집어써 줄 사람."

쾅!

"젊은 놈의 새끼가 어디서 개소리야!"

"그게 당신이었을 뿐이야. 노후 선물이 아니라 마지막까지 이용해 먹었던 거라고."

임진수는 탁자를 내리친 손을 부들부들 떨었다.

하지만 반박할 순 없었다.

"내가 하나 맞혀 볼까요. 사건 터졌을 때 송 회장한테서 연락 간 거 있죠. 이 창진인베스트와 관련해서."

"없어!"

"그거 사실상 할복하란 뜻이에요. 문제 생기면 뒤집어쓰라는 부탁."

"없다니까!"

"내가 송지훈 취조 담당인데 그런 말을 해 봤습니다. 당신이 인정 안 하면 창진의 소유주인 임 사장에게 처벌이 쏠릴 수도 있다. 불쌍하지도 않느냐."

"……"

"근데 반응이 가관이더군. 하랍니다. 세무조사를 하든, 처벌을 하든 마음껏 하래요. 자신하곤 정말 관계가 없는 회사라고."

놈은 참담한 얼굴을 감추지 못했다.

그 심정, 누구보다 잘 알 것 같았다.

이건 송 회장이 자신을 챙겨 주려고 세운 회사가 아니다. 지금까지 자신이 그렇게 믿고 싶었던 거다.

그 적나라한 사실을 젊은 놈 입으로 확인했을 땐 비참함을 감출 수 없었다.

"마지막으로 한마디만 더 하겠습니다. 만약 송 회장이 정말 당신들에게 고마웠다면, 스톡옵션이나 퇴직금 같은, 문제가 전혀 없는 돈으로 보상했을 거요."

"……"

"이용당한 겁니다. 마지막까지."

준철은 그쯤 하고 자리에서 일어났다.

여기까진 놈도 잘 알고 있는 사실이다. 이젠 이 현실을 인정할 때까지 기다리는 수밖에 없다.

임 사장은 취조실을 겨우 벗어났지만 젊은 놈이 지껄인 헛소리 때문에 마음이 심란하기만 했다.

충성심이 검증된 사람, 문제 생겨도 뒤집어써 줄 사람……
내가 정말 이 두 이유 때문에 창진을 맡게 된 걸까?

무엇보다 젊은 놈의 마지막 말이 거슬렸다.

송 회장이 정말 고마웠다면 문제 되지 않을 돈으로 보상해 줬을 거라는 게.

무거운 마음으로 태광건설에 도착한 그는 송 회장 앞에서도 얼굴을 수습할 수 없었다.

"왜 그래. 무슨 일 있었나?"

"아닙니다…… 취조가 생각보다 길어서."

"욕 많이 봤네. 공정위에서 뭐라든?"

"내막은 알고 있는 것 같습니다. 창진이 승계 작업을 위한 회사라는 건 파악했더군요."

송 회장이 뜨뜻미지근한 눈빛을 보내자 임 사장이 바로 답했다.

"물론 저는 한마디도 진술하지 않았습니다. 회장님께서 전직 임원들을 챙겨 주려고 세워 준 회사라 둘러댔습니다."

"고맙네. 역시 자네야."

"다만 이게 언제까지 먹힐지 모르겠습니다. 일감을 몰아준 정황이 너무 많아서."

송 회장이 고개를 저었다.

"그건 걱정하지 마. 이대로만 있으면 절대 드러나지 않을 회사니까."

"회장님……."

"물론 일감 몰아주기 같은 사소한 문제로 처벌은 떨어질 거야. 근데 뭐 과징금 말고 더 할 게 있겠나? 걱정하지 말게."

임 사장은 점점 혼란해졌다.

무엇을 걱정 말라는 건가. 피해가 안 가게끔 잘 해결하겠다는 건가. 아니면 처벌이 떨어져도 미미할 테니 좀 감수해 달란 건가.

"솔직히 현직에 있을 땐 더한 일도 해 줬잖아. 임 사장한텐 내가 참 할 말이 없네."

비정하게도 후자였다.

처벌이 미미할 테니 감수해 달란 뜻이다.

"그나저나 공정위 저것들이 언제까지 날뛸지 모르겠네. 지훈이한텐 구속영장 얘기까지 꺼냈다더군."

"……그렇습니까."

"물론 겁주려고 한 얘기겠지. 이거 가지고 무슨 영장이야. 다만 공정위가 하루 이틀 칼춤 추다가 끝낼 것 같진 않으니 좀 더 고생해 주게."

고개를 끄덕이던 임 사장이 조심히 입을 열었다.

"회장님. 송구스럽지만 다른 방안은 생각에 없습니까."

"응?"

"어차피 공정위가 다 파악한 것 같은데…… 그냥 인정하는 것도 고려하시지요."

"무슨 소리야?"

"요즘은 대기업 총수도 신용 대출까지 받아 상속세 냅니다. 더 이상 편법 승계가 먹히지 않아요. 이 작은 불 때문에 괜히 회사가 위태로워질까 걱정됩니다."

송 회장은 바로 불쾌한 기색을 보였다.

"임 사장. 갑자기 그게 무슨 말이지?"

"말씀 못 드렸는데 사실 전직 임원들의 동요가 큽니다. 공정위가 현직에 있을 때 결재했던 서류들까지 들먹이며 죄를 묻는다더군요."

"그래서?"

"다들 은퇴하고 조용하게 살고 싶어 합니다. 과거의 일로 처벌받고 싶지 않아 하는……"

"돌려 말하지 말고 말해. 하고 싶은 말이 뭐야."

"만약 문제가 잘못되면 저희 처벌까지 받아야 하는 겁니까."

사실 처음부터 이 얘길 묻고 싶었다.

만약 최악의 상황이 오면 회장님께선 어떻게 하실 거냐고. 그 상속세를 아끼기 위해 평생 충성을 바쳤던 임원들을 대신 희생시킬 거냐고.

"임 사장답지 않군."

하지만 그 얘기가 회장님껜 불편하게 들리기만 했나 보다.

"그냥 한번 눈 딱 감고 해 주면 안 되나."

"……예?"

"이거 가지고 무슨 구속 수사를 하겠어, 아님 실형이 떨어지겠어? 고작해 봐야 집행유예야. 과징금 떨어지는 거야 내가 당연히 낼 거고."

"돈이 문제가 아니라……"

"자네들이 그렇게 말하면 섭섭하네. 내가 자네들한테 챙겨 준 퇴직금이 얼만데."

입이 다물어졌다.

"임 사장. 부탁함세. 귀찮겠지만 나를 위해 한 번만 더 수고를 해 줘."

"……"

"내가 꼭 사례하겠네."

뒷얘기는 들리지도 않았다.

퇴직하고 나서도 이용당한 거란 젊은 놈의 말이 이제야 실감되었다.

"지금 그 사람 어디 있어?!"

"301호 회의실입니다."

"왜 과장실로 바로 안 보내고 거기다 뒀어?"

"죄송합니다…… 자백하러 온 건지 몰랐습니다."

퇴근하다 돌아온 윤 과장은 흥분한 목소리를 감출 수 없었다.

손이 다 떨린다.

창진인베스트 대표인 임진수의 자백이라니. 현 상황은 그의 자백 없이는 수사를 아무것도 진전시킬 수 없는 상태다.

암흑 속에서 한 줄기의 빛을 확인한 윤 과장은 마음이 급해졌다.

"진짜로 이놈 자백하러 온 거 맞아?"

"예. 창진인베스트는 이미 명의신탁 다 들어갔더군요. 외국계 한 법인에 이미 주식 이전을 다 마친 상태였습니다."

"해외 법인? 여기 조세 피난처야?"

"네. 버진아일랜드에 세운 전형적인 페이퍼 컴퍼니입니다."

윤 과장은 가슴을 쓸어내렸다.

임진수가 해외 법인에 지분을 이전하고, 그 지분이 다시 장남에게 이전되면 상속 작업은 완전히 끝난다.

"진짜로 치밀했습니다. 임진수가 장남한테 지분을 다이렉트로 주면 의심을 살 테니, 중간에 세탁기 한 대를 더 썼어요."

"이런 기똥찬 시나리오가 하루 이틀 만에 나왔을 린 없고."

"네. 자료를 보니 이 짓거리를 4년이나 해 왔더군요."

"4년이면 우리가 처음으로 대기업 지정 자료 요구했을 때네?"

"그렇습니다. 그간 속여 오면서 지분 정리를 꾸준히 해 왔습니다."

이젠 빼도 박도 못한다.

명의신탁, 말이 좋아 신탁이지 사실상 차명 주식 아닌가.

임진수의 자백으로 이 차명 주식의 실소유주가 누군지 밝혀졌다.

윤 과장이 놀란 가슴을 진정시킬 때, 팀장은 더욱 놀랄 만한 소식을 전했다.

"그리고 과장님. 임 사장이 기밀 자료도 가지고 있답니다."

"기밀?"

"명의 이전 이후의 일이요. 창진인베스트를 장남에게 넘긴 이후, 창진과 태광건설을 합병할 계획이었답니다. 합병 비율은 6 : 1로."

"뭐 6 : 1? 이것들 진짜 미친 거 아니야?"

합병 비율 6 : 1. 당연히 태광이 6이다.

송 회장은 창진인베스트의 순이익이 높다는 이유로 말도 안 되는 합병을 진행할 계획이었다.

이렇게 되면 순이익 2천억짜리 회사가 10조 원짜리 건설사를 거느릴 수 있다. 이 과정에서 피눈물 나는 건 기존의 태광 주주들이다.

"진짜로 대기업 다 됐구만. 이것들 재벌 총수들이 하는 짓거릴 다 따라 했어."

이런 놈들을 4년 동안이나 대기업 집단으로 선정 못 하고 있었다니.

"네. 진짜로 대기업 다 됐습니다."

"근데 그 얘긴 어떻게 알게 된 거야?"

"임진수가 직접 자백했습니다. 명의 이전 끝나면 그렇게 합병할 계획이었다고. 송 회장과 나눈 대화록과 지시 서류까지 가지고 있다 합니다."

"좋아. 그럼 그 자료 빨리 넘겨 봐. 이건 우리 힘만으론 안 돼. 국세청, 금감원까지 동원해서 빠르게 친다."

"근데 저…… 진술만 했지 아직 그에 대한 증거는 넘기지 않았습니다."

"뭐?"

"담당자를 직접 만난 후에 증거자료를 넘기겠다 하더군요. 아무래도 과장님께 협상하고 싶은 얘기가 있나 봅니다."

그럼 그렇지. 이런 선물을 쉽게 줄 리 있나.

자백을 했으니 자신이 챙긴 부당한 돈은 눈감아 달라 부탁할 수도 있다. 아니면 오너 일가의 형사처벌은 피하게 해 달란 부탁일 수도 있고.

뭐가 됐든 기분 나쁜 제안이 나올 게 분명하다.

들떴던 윤 과장 얼굴이 짜게 식었다.

"알겠다. 그건 내가 하지. 유 팀장은 지금 국세청에 공문 보내서 이 해외 법인 알아봐. 상속세 관련 문제니까 바로 조사4국 대동해야 될 거야."

"알겠습니다."

"법인 확인되면 바로 나한테 보고해."

윤 과장은 표정을 고르며 그가 있는 장소로 향했다.

이제 더 이상 임 사장은 단순 참고인이 아니다. 이번 수사의 핵심적 증언을 해 줄 공정위 VIP다.

"죄송합니다. 오래 기다리셨죠. 퇴근하다 돌아온 터라."

친절한 미소로 인사를 건넸는데, 임 사장 표정이 살짝 실망한 투였다.

"과장님이 오셨군요. 그 젊은 팀장님께서 오실 줄 알았는데……."

"젊은 분?"

"이준철 팀장님인가 하는 분요."

"임 사장님께서 갑자기 찾아오셔서 그 친구는 자리에 없습니다만…… 혹시 불편하면 그 친구를 따로 불러 드릴까요."

"……괜찮습니다. 제가 지금 찬밥 더운밥 가릴 처지는 아닌 것 같네요."

임 사장은 씁쓸한 얼굴로 서류와 한 계좌를 건넸다.

"이미 보고를 통해 들으셨을 줄로 압니다. 창진인베스트는…… 내 회사가 아니요. 송 회장이 실질적 소유주고 나는 명의만 빌려줬소. 아, 명의만 빌려준 건 아니지…… 태광건설로부터 분양 관련 업무를 모두 몰아 받았소. 여기서 챙긴 배당금 또한 불순한 돈이었소."

윤 과장은 조금 당황했다.

최소한 자기가 챙긴 돈은 봐달라 할 줄 알았는데, 이걸 이실직고한다고?

"그리고 편법 승계 과정은……."

"거기까지도 들었습니다. 해외 법인에 명의신탁하고 그걸 장남이 다시 받는 구조였다고요. 증거 제출해 주셨으니 국세청이 곧 법인 확인 들어갈 겁니다."

"⋯⋯그렇군요."

"근데 그 이후의 일도 진술하셨다 들었습니다. 송 회장과 합병 비율에 관한 얘기를 하셨다고⋯⋯."

가장 민감한 얘기가 등장하자 그의 얼굴이 한층 더 굳었다.

"그 전에 먼저 제가 부탁드리고 싶은 게 있습니다."

"말씀하십쇼."

"모두 위에서 시켜서 한 일입니다. 전직 임원들은 잘못 없습니다."

"무슨 말씀인지⋯⋯."

"공정위가 현직에 있을 때 일어난 일까지 모두 조사한다 들었습니다. 물론 저희도 떳떳한 건 없습니다. 송 회장의 지시였다 해도 계열사에 일감을 몰아주고, 뒷계열사를 엄호해 주었던 건 우리니까. 하지만 이미 은퇴한 사람들 아닙니까."

임 사장은 텁텁한 얼굴로 고개를 숙였다.

"전직 임원들에게 죄를 묻지 않는다면 저도 최대한 협조하겠습니다."

예상치 못한 부탁에 윤 과장은 아리송했다.

오너 일가를 보호해 달란 부탁이 아니라 전직 임원을 보호해 달라고?

"그게⋯⋯ 끝입니까? 다른 사람들에 대한 부탁은."

"송 회장 일가에 대한 부탁은 없습니다. 그건 당국의 기준대로 처벌하십쇼."

임진수는 그리 말하며 합병 비율에 관한 증거자료를 건넸다.

윤 과장은 차가운 그의 말투를 듣고 나서야 돌아가는 상황을 이해할 수 있었다. 송 회장과 이자의 관계가 이미 파탄에 이르렀다는 걸.

"그 부분은 걱정 마십쇼. 전직 임원들은 모두 정상참작될 겁니다."

"여기가 명의신탁해 둔 회사입니다. 대표는 변호사인데, 자료 요구하면 곧 내줄 겁니다. 그리고 이게 의사록. 합병 당시 어떻게 할지 구체적으로 계획을 짜 뒀습니다."

슬쩍 살펴본 윤 과장은 쾌재가 나올 뻔했다.

송 회장과 나눈 대화부터, 합병을 준비하던 과정이 적나라하게 나와 있다. 법원에 당장 제출해도 손색없을 만큼 날짜와 대화 내용이 자세했다.

"저희 전직 임원들에게도 언질을 줬습니다. 송 회장의 뒷계열사와 관련한, 아는 내용은 모두 공정위에 실토하라고."

"어려운 결심해 주셔서 감사합니다."

너무나 협조적인 태도에 도리어 의심이 드는 윤 과장이었다.

"근데 저도 한 가지 궁금한 게 있는데 물어봐도 될까요."

공정거래
위원회

"말씀하세요."

"갑자기 자백을 결심한 이유가 뭡니까. 임 사장님께선 얼마 전만 해도 전혀 이러시지 않았는데."

"뭐…… 짝사랑이 끝난 거라 해 둡시다."

무슨 말인지 아리송했지만 윤 과장은 더 이상 묻지 않았다.

그의 얼굴엔 이미 생기가 싹 달아나 있었다.

송 회장이 한 번이라도 인간적인 대접을 해 줬더라면 얘기가 달라졌을까.

회사를 위해 수고해 준 당신들에게 미안하다, 이 문제는 내가 책임지겠다. 그 한마디였다면 기꺼이 형살이도 대신 해 줬을지 모를 텐데.

❦

밤샘 작업을 마치고 느지막이 출근한 준철은, 갑자기 바빠진 사무실 분위기에 어리둥절했다.

동료 팀장에게 사정을 전해 들었을 땐, 바로 과장실로 뛰어 올라갔다.

과장실엔 이미 금감원과 국세청 직원들이 모여 있었는데, 윤 과장의 속사포 같은 지시가 이어졌다.

"해당 회사는 상속세를 피하기 위해 허위로 세운 법인이에요. 이미 지분 넘어갔으니 이거 반드시 파악해 과세해야 합니다."

"알겠습니다. 저희 조사4국이 맡아야겠군요."

"그리고 태광건설이 창진과 합병을 준비했는데, 자신들에게 유리한 합병비율을 만들려고 태광 주식을 다 평가절하했어요. 이거 그대로 진행됐으면 기존 주주들의 피해가 막심했을 겁니다."

"염려 마세요. 파악이 끝나는 대로 주가 공시 띄우겠습니다."

그렇게 국세청과 금감원에게 협조 요청을 모두 끝낸 후.

윤 과장은 쓰러지듯 소파에 앉아 준철을 바라봤다.

"무슨 요술을 부린 거야?"

"……예?"

"윤 사장한테 바로 자백 넘어왔다. 창진은 송 회장 장남을 위한 회사고, 자기는 잠시 맡아 두고 있었다더군. 해외 법인에 명의신탁한 정황까지 나왔어. 그리고 합병 비율에 대한 자백도 나왔다."

"저, 정말입니까?"

놀랄 노 자다.

합병 비율에 관한 얘기는 기대도 안 했던 자백 아닌가.

"그래. 6 : 1로 합병을 준비하고 있었더라. 이거 됐으면 송지훈이가 바로 태광건설 최대 주주가 됐다."

특정 계열사로 일감을 몰아준 뒤, 그 계열사와 말도 안 되는 비율로 합병.

자(子)회사가 모(母)회사를 집어삼킬 수 있는 가장 싸고 빠른 방법이다.

"만약 이거 그대로 진행됐으면 기존 주주들의 피해가 막심했을 거다."

빠르고 쉬운 만큼 그 부작용 또한 대단하다. 송 회장 입장에선 태광건설의 지분이 낮게 평가될수록 유리하니, 주식 가치가 계속 평가절하당한다.

놈들의 상속 작업에 기존 주주들만 죽어 나가는 것이다.

"금감원에 이 내용 고발했다. 중징계 떨어질 거야."

"다행이네요. 사건 터지기 전에 막아서."

"아무렴. 욕 한 바가지 얻어먹을 뻔했는데 구사일생했지. 오죽하면 내가 협조 공문 보내니 바로 사람 보내 주더라."

가슴을 쓸어내린 건 비단 윤 과장뿐이 아니었다.

금감원, 국세청이 바로 수사팀을 꾸려 협조 의지를 적극 보여 줬다. 평소엔 엉덩이가 무겁기로 소문난 금융 당국인데 말이다.

준철은 그들의 엉덩이를 단숨에 들어 버린 자료들을 읽어 내려갔다.

"과장님. 전직 임원들도 진술을 하겠답니까?"

"응. 임 사장이 직접 지시를 내렸다더군. 송 회장의 뒷계열사에 대해 아는 내용은 다 말해 준다 했다."

"그럼 현재 의심하고 있는 곳도 다 나오겠네요."

"시간문제지. 대신 조건 있다. 전직 임원들의 죄는 묻지 않기로 했어. 다들 시켜서 한 사람들이니까."

"하면⋯⋯."

"이 팀장이 맡고 있는 다른 계열사 파악 끝내. 그건 곧 진술 다 넘어올 거야."

준철은 고개를 끄덕였다.

"알겠습니다."

"근데 이 팀장. 어떻게 한 거냐? 임 사장은 입에 시멘트 발랐나 싶을 정도로 진술 거부하던 놈이야. 그런 놈이 어떻게 독대 한 번 하더니 돌변해?"

"그냥 겁을 줬습니다. 전직 임원들이 당시에 한 일 때문에 책임을 질 수 있다고."

"그 얘긴 나도 해 봤어. 나랑 얘기할 땐 끄떡없던데?"

"끄떡없던⋯⋯ 척을 했던 거죠. 사실은 그때부터 이미 동요하고 있었을 겁니다."

적당히 둘러댔지만 윤 과장은 믿지 않았다.

피의자 취조를 한두 번 해 봤겠나. 임진수는 전혀 동요하던 눈빛이 아니었다. 전직 임원들을 왜 소환했느냐고 득달같이 따져 댄 놈이다.

그런 놈이 갑자기 모든 죄를 시인했고, 이를 시작으로 전직 임원들이 송 회장의 뒷계열사를 폭로했다.

"왜 그러십니까."

"임 사장이 나한테 한 마지막 말이 걸려서. 짝사랑이 끝났다더군. 뒤에서 무슨 얘기가 오간진 몰라도 송 회장한테 큰 배신감을 느낀 눈치였어."

짝사랑이라……

그 한마디 말로 대충 뒤에서 무슨 대화가 오고 갔는지 알 것 같다.

임진수는 송 회장의 밑바닥을 확인했을 것이다.

자신이 평생 모셔 왔던 주군의 배신. 내가 무엇을 위해 일했나 싶은 허망함…… 당해 보지 않은 사람은 모른다. 자신의 일평생이 전부 부정당한 느낌일 것이다.

"아무튼 저희한텐 좋은 거 아닙니까. 충신들이 다 배신을 했는데."

윤 과장은 묻고 싶은 말이 더 많았지만 그쯤 했다.

이제 겨우 결정적 증거를 찾았다 뿐이지, 아직 수사가 끝난 게 아니다.

"그래, 그 얘긴 나중에 하자. 이 팀장, 우린 근시일 안으로 바로 태광 칠 거야. 아마 그 전에 먼저 주가 공시 나갈 거다."

언론은 또 한바탕 시끄러워질 것이다.

멀쩡한 건설사와 뭣도 없는 분양 대행사. 이걸 합병시키려고 6 : 1이라는 말도 안 되는 견적이 오고 갔다.

사전에 이 자료를 입수했으니 망정이지, 그대로 시행됐더라면 기존 주주들의 피해가 막심했을 터이다.

"금감원도 이 문제 좌시하지 않겠다고 했다. 우리가 입수한 자료는 당사자들이 직접 나눈 대화록이라 분명 증거로 인정될 거야."

"네. 그럼 저희는 일감 몰아주기만 파헤치면 될까요."

"그래. 몇 년 동안이나 이 짓 했는지 빠짐없이 파악해."

본래 일감 몰아주기는 그렇게 처벌 수위가 센 편이 아니다.

하지만 편법 상속을 위한 일감 몰아주기는 가중처벌 대상으로 횡령에 주가조작 혐의까지 적용시킬 수 있다.

"과장님. 그럼 영장까지는……."

"필요하다면 쳐야지. 멀쩡한 건설사가 웬 구멍가게랑 6 : 1로 합병이야."

"그렇습니다. 이건 오너가 주도해서 작전 세력 짠 거나 다름없습니다."

"근데 그건 기다려 보자."

윤 과장은 영장 카드를 아껴 뒀다.

상황이 이렇게까지 밝혀졌는데, 놈들도 이젠 자백을 하지 않을까 하는 기대였다.

준철은 적이 아쉬운 눈치였지만, 윤 과장의 결정을 존중했다.

"알겠습니다."

"당분간 많이 바쁠 거다. 좀만 더 고생하자."

"네."

그렇게 자리에서 나오고 사무실로 돌아가는 길.

준철은 엘리베이터 안에서 여러 생각이 오갔다.

짝사랑이 끝났다……라는 말을 듣는데 왜 공감이 가고 마음이 아리는지.

사실 준철도 의문이었다. 송 회장과 뒤에서 무슨 얘기를 했기에 그가 이토록 차갑게 변한 걸까. 그리고 전직 임원들의 마음이 돌변했을까.

'…….'

뭐 별거 없었을 거다. 일평생 송 회장에게 이용만 당했다는 걸 깨달은 모양이지.

그래도 늦게라도 알았으니 다행인 일이다.

그걸 죽을 때까지 깨닫지 못하는 사람도 있는데.

&

[주가 공시 – 태광건설 편법 승계 의혹 조사]

[子회사, 창진인베스트와 6 : 1 합병]

[공정위, 상당한 정황 파악했다고 밝혀]

윤 과장의 예고대로 포문을 가장 먼저 연 건 금감원이었
다. 공정위가 입수한 모든 자료가 주가 공시를 통해 여실히
보도되었다.

오너 일가의 뒷계열사는 늘 있어 왔던 문제라 반향이 크지
않았다만, 6 : 1의 합병 비율이 보도를 탔을 땐 여론이 들끓
어 올랐다.

ㅡ이거 무슨 건설 업계의 어린왕자냐?

뱀이 코끼리를 삼키고 있네?

ㅡㄹㅇㅋㅋ 뱃가죽 찢어지겠다. 건설 업계 10위가 분양 대행사한테 먹
혀 버리네.

ㅡ편법 승계 하나 해 보자고 기존 주주들 다 x신 만드는 거지. 사실상
우리가 그놈들 상속세 대신 내주는 거다.

ㅡ도대체 분양 대행사가 뭐냐?

분양권을. 대신 팔아 주는 업체. 이게 설명의 끝이네? 동네 부동산이
랑 뭐가 달라?

ㅡㅇㅇ 동네 부동산 맞아. 그걸 오너가 키워 주면 기업이 되는 거.

ㅡ더 키워 주면 건설사 주인도 됨.

태광건설은 막대한 일감을 몰아주며 창진인베스트를 기형
적으로 키웠다.

창진의 순이익 또한 주주들에게 환원되었어야 할 배당금

이다.

그나마 태광건설이 성장세에 있었기에 여기까진 이해할 수 있었지만, 말도 안 되는 합병 비율을 들었을 땐 있던 정이 싹 달아났다.

주주들의 실망감은 곧 주가 그래프로 나타났다.

공시 이후 주가가 폭락하기 시작했고, 금감원이 매매 정지를 고려해야 될 수준까지 내려왔다.

"반박 자료 내! 합병 비율은 사실무근이라고!"

"공정위의 강압 수사와 전직 임원의 악의적 진술이야! 우린 피해자야!"

발등에 불 떨어진 송 회장은 전력을 다해 반박 자료를 내놨지만 대세를 거스르진 못했다. 그도 그럴 것이 반박 자료라는 게 사실무근 이 한마디뿐이었다.

무의미한 싸움이 일주일째 계속되자 임원 하나가 결심한 듯 직언을 던졌다.

"회장님…… 임 사장까지 공정위에 협조한 마당에, 더 이상 사실무근은 안 통할 것 같습니다. 차라리 철회하시죠. 창진인베스트와의 합병은 무산되었다고 발표하는 게 낫겠습니다."

이게 이 불을 끌 수 있는 유일한 방법이었으나, 송 회장은 납득할 수 없었다.

아니, 인정을 할 수 없었다.

꼬리가 어떻게 주인을 버릴 수 있는가. 감옥이 아니라 지옥도 대신 가줄 것처럼 굴던 임원들이다. 그들에게 배신당했던 사실은 송 회장의 자존심이 용납지 않았다.

그걸 차치하더라도 이걸 인정하면 잃는 게 너무 많았다.

"부사장. 그럼 내가 이 짓거리 왜 한 거냐?"

"……"

"합병 안 시킬 거면 애초에 대기업 집단 지정도 안 피했어! 내가 뭣 땜에 이 쌩쇼를 다 했는데."

그렇다고 초가삼간을 다 태울 순 없잖습니까. 이러다간 다 죽습니다.

임원들은 그 말이 목 끝까지 차올랐지만, 아무도 입 밖에 낼 수 없었다.

"대기업 총수들 다 하는 일이야. 여기서 물러나면 죽도 밥도 안……."

그렇게 송 회장의 굳은 의지를 다시 확인할 때, 바깥에서 웅성거리는 소리가 들리기 시작했다.

곧이어 회의실 문이 벌컥 열리며 양복쟁이들이 우르르 들이닥쳤다.

"뭐야?!"

"공정거래위원회 이준철 팀장입니다. 마침 여기 다 계셨네요."

준철은 싱긋 웃으며 서류를 건넸다.

"압수수색영장입니다. 이건 핵심 관계자들 소환장인데, 여

공정거래
위원회

기 다들 계시죠?"

소환장과 압수수색영장을 본 임원들은 사색이 됐다.

"이미 다 공정위가 뒤져 갔으면서 뭘 또 압수수색한다고?"

"뒷계열사가 더 있었더군요. 오늘은 이 자료 압수하러 왔습니다."

준철이 뒷계열사 네 곳을 호명하자 곳곳에서 신음이 흘러나왔다. 송 회장이 꽁꽁 숨겨 둔 계열사가 모조리 다 적발되었다.

"반장님. 소환자 명단 확인해서 검찰로 모셔 가 주세요."

"네."

"특별히 좀 드리고 싶은 말씀이 있는데, 우린 좀 따로 얘기할까요?"

송 회장은 준철의 도발적인 눈빛을 받곤 고개를 떨구었다. 이윽고 둘만 남게 되자 준철이 슬쩍 자리에 앉았다.

"일주일째 기다렸습니다. 왜 합병 철회 안 하십니까."

"무슨 말인지."

"더 이상 딴청 피워 봤자 소용없어요. 창진인베스트, 아드님 주시려고 만든 회사잖아요. 이거 공짜 상속 하려고 지금까지 대기업 지정도 피하신 거 아닙니까."

"난 모르는 일이오."

"역시나 합병 철회할 생각이 없었구만."

익히 예상했다. 편법 상속을 위해 지금까지 쇼해 왔는데,

그걸 쉽게 철회하겠나.

"끝까지 싸우시면 지훈 씨도 피 봐요."

"뭐?"

"구속영장입니다. 이틀 내로 우리가 원하는 대답 안 나오면 송 사장 구치소 갈 거예요."

허겁지겁 영장을 확인한 송 회장은 얼굴이 완전 무너져 버렸다.

영장은 금감원과 국세청이 동시에 신청했고, 그 증거가 명확해 당장 떨어져도 이상하지 않았다.

"주요 금융 당국이 동시에 영장 신청하는 건 이례적인 일입니다. 송지훈 씨 정말 구속시킬까요."

쾅!

"이게 사람이 할 짓이야? 편법 승계를 해도 내가 했고, 도운 것도 임원이 했어. 왜 아무 잘못도 없는 그 애가 영장 대상이지?"

"이 사건의 최대 수혜자잖아요. 송지훈 씨가."

"웃기는 소리! 지금 나 흔들려고 그 애 건드는 거잖아. 아니야?"

준철은 물끄러미 그를 봤다.

"그래도 인정(人情)은 있나 보군. 제 새끼 다칠까 봐 발끈하는 거 보면."

"뭐야?"

"그 인정을 왜 전직 임원들한텐 안 썼습니까. 여느 자식새 끼보다 더 충성을 바쳤던 게 전직 임원들인데."

이건 최영석 부회장에게 묻고 싶은 말이기도 했다.

온갖 수모를 다 겪으면서도 한 사람에게만 충성했던 나인 데. 헌신짝처럼 내팽개쳐 버리다니.

"흥. 꼴을 보아하니 임진수 그놈이 할 말 못 할 말 다 떠든 모양이지?"

하지만 송 회장은 전혀 뉘우치는 기색이 아니었다.

"뭔 말을 했는지는 모르겠지만 그거 나 음해하는 거야. 인 적 쇄신 차원에서 전직 임원들 다 물갈이했는데, 나한테 악 감정이 남은 모양이구만. 그래도 나 그놈들한테 할 만큼 다 했어. 따로 회사 차려 줘서 두둑이 배당금까지 챙겨 줬다고."

그가 혀를 끌끌 찼다.

"이래서 머리 검은 짐승들은 거두지 말란 모양이야."

"이제 연극 놀이 그만하쇼. 그 회사 편법 상속하려고 세운 회산 거 이미 다 들통났어. 계속 모른 척하면 실력 좋은 로펌 이 수습해 줄 것 같아? 천만에. 이거 맡겠다는 로펌 찾기도 힘들걸."

준철은 자리에서 일어났다.

"그 실력으로 어떻게 한명 그룹 돈세탁까지 해 주셨지?"

"뭐, 뭐야?"

"당신들 한명건설 하청으로 일할 때, 부회장 비자금까지 마련해 줬잖아. 그때도 뒷계열사 세워서."

"그걸 어떻게……."

"전직 임원들이 다 진술했습니다. 더 해 볼까요."

삽시간에 송 회장의 얼굴이 굳었다.

전직 임원들은 부하들이자 크고 작은 비리들을 해결했던 동료들이다. 놈들이 작정하고 진술을 해 대면 어떤 치부가 드러날지 모른다.

"선택은 알아서 하쇼. 근데 이틀 안으로 합병 철회하고, 그간 비리 모두 인정하길 바랍니다."

"자, 잠깐만. 그 얘긴 나랑 한명 그룹 말고는 아무도 모르는데 대체 어떻게 알았습니까."

준철은 그를 물끄러미 보다 말했다.

"내가 출처까지 말해 줘야 합니까?"

"……"

"이틀 안으로 결정 내리세요. 우리랑 끝까지 싸우면 더한 사건도 끄집어낼 수 있어요."

질 끝판왕 사망

한명그룹
김성균 본부장

을이 된 갑들

–다음 소식입니다.

태광건설이 편법 승계 의혹으로 연일 주가가 하락한 가운데, 검찰은 오늘 아침 송 회장을 소환하겠다 발표했습니다.

송 회장은 그간 누락되어 온 계열사를 모두 인정하는 한편, 논란이 제기되고 있는 창진인베스트의 거취를 표명하겠다 했는데요.

명의 신탁한 회사를 어떻게 할지 주주들의 관심이 모이고 있습니다.


전의를 상실한 송 회장은 데드라인 이틀을 넘기지 않았다.

다음 날 주가 공시를 통해 관련 의혹 상당수를 인정했으며, 창진인베스트와 관련한 의혹을 따로 발표하기로 했다.

그가 출두하기로 한 시간이 왔을 땐 서초구 일대가 또다시

북새통을 이뤘다.

—뒷계열사 정황에 대해서 모두 인정하시는 겁니까?

—공정위가 발표한 합병 비율은 사실이었는지요.

송 회장이 포토라인에 서자 백야성을 방불케 할 만큼 플래시 세례가 터졌다.

—안녕하십니까. 태광건설 대표이사 송태수입니다.

먼저 최근 논란으로 인해 막심한 피해를 입은 주주 여러분들에게 깊은 사죄의 말씀을 드립니다.

그는 무겁게 고개를 숙이더니 원고를 들었다.

—저희 태광건설은 충청권을 기반으로 성장한 회사이며 전국구로 성장한 지 얼마 되지 않았습니다. 하여 공정위의 대기업 집단 지정 자료 요구를 받았습니다만 여러 미흡한 점을 많이 보였습니다.

현재 공정위가 제기한 누락 계열사 모두를 인정하겠습니다.

그리되면 저희는 자산 총액 10조를 넘는 출자 총액 제한 기업으로 선정되게 됩니다.

사실 늦은 감이 있습니다. 저희는 여러 건설 업무를 따내고, 국민들의 사랑을 받으며 여기까지 클 수 있었습니다.

이번 대기업 선정을 기회로 더욱 도약하는 태광건설이 되겠습니다.

여기까진 그저 그런 말이었다.

—그리고 합병에 관한 저희의 입장입니다.

거두절미하고 말씀드리자면…… 합병은 없습니다. 저희 태광은 더 이상 창진에 일감을 몰아주지 않을 것이며, 앞으로 분양 업무는 외주 사업에 맡기려 합니다.

창진인베스트는 폐업 수순에 들어갈 것입니다.

폐업이란 말에 기자들이 수군거리기 시작했다.

편법 상속하려고 만든 자회사를 자진 폐업? 이건 편법 상속도 포기하겠다는 건가?

ー그렇다면 상속 작업은 어떻게 되는 겁니까?

ー다른 방법이 있는 겁니까.

송 회장은 가만히 생각하다 말했다.

ー정석대로 상속 작업에 임하겠습니다. 현재 저희는 국세청과 상속세를 논의하고 있습니다. 상당한 재원이 필요한 만큼 신용 대출 및 주식 매각 등 다양한 방법을 고려하고 있습니다. 한 가지 확실히 해 둘 것은 더 이상 상속세를 피하지 않겠다는 것입니다.

해당 사태로 피해를 입으신 주주분들께 깊은 사죄의 말씀을 드립니다. 아울러 이번 대기업 선정을 기회로 더욱 도약하는 태광건설이 되겠습니다.

송 회장이 홀연히 사라지자 기자들이 수군거렸다.

"무슨 꿍꿍이지? 저렇게 고분고분할 리가 없는데."

"대기업 집단으로 선정되면 앞으론 뒷장난도 못 치잖아."

"이거 대체 어떻게 돌아가는 거냐."

재벌 총수들을 한두 번 상대해 본 기자들이 아니다.

백기투항이나 다름없는 이번 발표가 곧이곧대로 들리지 않았다.

하지만 저의를 모르겠다. 합병을 포기하고, 창진을 폐업까지 시키면 편법 상속은 완전히 막힌다.

대기업 집단으로 선정되면 앞으론 살벌한 감시가 펼쳐진다. 그럼 정말로 신용 대출까지 받아서 상속세를 내야 할 텐데.

"그럼 혹시…… 송 회장이 공정위한테 완전히 항복한 거 아니야?"

"모르겠다, 진짜. 저 양반 진짜 왜 저래?"

"선배님. 그럼 저 양반 취조 끝날 때까지 기다려 보죠. 어차피 순순히 다 인정하겠다 하면 취조도 그리 길지 않을 겁니다."

"다 끝나면 검찰한테도 물어봅시다. 진짜로 순순히 인정했는지."

그렇게 송 회장은 2시간 남짓한 취조를 마쳤고, 가는 길에도 기자들의 따뜻한 환영을 받을 수 있었다.

기자들은 검사로부터 취조 내용을 전해 듣고 나서야 기사를 내보냈다.

[속보, 송 회장 - 합병 철회한 것으로 밝혀]

☙

송 회장의 합병 철회로 주가는 미흡하지만 정상 궤도에 올랐다.

이미 성장세에 있던 회사다.

오너가 뒷장난치지 않겠다 공식 선언하니, 다시 제자리로 돌아가기 시작했다.

모두가 한숨을 돌리며 있을 때. 마냥 웃을 수만도 없는 사람이 있었다.

"그럼 오늘이 공식적으로 소환 끝인가요."

"네. 그렇게 되겠네요."

마지막 소환을 받은 임진수 전 사장.

얼굴이 차갑고, 미지근했다. 자신이 일평생 몸담았던 태광의 주가가 풍비박산 났으니 마음이 좋진 않을 것이다.

"송 회장…… 아니 회장님은 이제 어떻게 되는 겁니까."

"일감 몰아주기, 계열사 누락에 대한 처벌이 떨어질 겁니다. 근데 합병 철회했으니 그렇게 큰 처벌이 떨어지진 않을 거예요."

"다행이군요."

"하지만 임진수 씨는 처벌을 다 못 피할 겁니다. 특히나 창진인베스트를 통해 받은 부당 배당금은…… 모두 반납해야 될 겁니다."

"징역도 살아야 되나요?"

"그 정도 죄질은 아닙니다. 저희한테 협조하신 것도 있고."

"그렇담 다행이네요. 저도 어차피 이 돈 제 거라 생각한 적 없습니다. 너른 이해해 주셔서 감사합니다."

임 사장 얼굴에선 일말의 미련도 찾아볼 수 없었다.

"팀장님. 이런 말할 입장은 아니지만 회장님 잘 좀 봐주십쇼. 그래도 공사 따낼 때 부정한 방법으로 따낸 사람은 아닙니다."

"네. 딱 잘못한 만큼만 처벌할 겁니다."

감정이 다 정리된 걸까.

임 사장은 줄곧 송 회장에 대한 걱정을 내비쳤다. 그 상황이 묘하게 느껴졌다.

"감사하게 됐습니다. 임 사장님 덕분에 수사가 쉬웠어요."

"나도 팀장님 덕분에 결심이 쉬웠습니다. 내가 평생 이용당했다는 걸 이제야 깨닫게 됐군요. 회사 퇴직한 지가 언젠데 참……."

"지금도 빠른 거예요. 죽을 때까지 모르는 사람도 있는데요 뭘."

"네?"

"그냥 아는 사람 얘깁니다. 아무튼 그간 도와주셔서 감사합니다."

준철은 싱긋 웃으며 자리에서 일어났다. 과거의 악연을 정리하니 후련함이 들었다.

그건 임 사장 얼굴도 마찬가지였다.

"그럼 대기업 선정 마무리한 거야?"

"네. 송 회장이 누락 계열사 전부 신고했습니다. 태광 그룹 총 자산 총액이 11조가량 되더군요."

"그 영감 뒷계열사로 빼먹은 돈 많을 텐데 그건?"

"신고할 때 다 채워 놨습니다. 서류상으론 문제가 없습니다. 물론 문제 삼는다면 충분히 삼을 순 있습니다만……."

경쟁정책국 이 국장은 고개를 저었다.

"됐다. 삥땅친 돈 도로 돌려놨으면 끝났지. 그럼 이젠 편법 상속도 끝난 거네?"

"네. 출자 제한 지정시켜 놨으니 앞으론 뒷장난 못 칠 겁니다."

이 국장은 기분 좋게 서류를 덮었다.

"윤 과장. 솔직히 기대 이상의 성과였다. 이놈들 뒷계열사만 파악해도 성공한 조산데, 편법 상속 흔적까지 잡아내다니."

"솔직히 전 별로 한 것도 없습니다. 그 친구가 다 했지."

"종합국의 그놈?"

"네. 소문대로더군요. 임 사장이 저랑 있을 땐 한마디도 입을 떼지 않았는데, 그 친구랑 독대하고 나니 술술 자백했습니다."

사실 그 부분은 아직도 의문이었다. 가장 충신이었던 임 사장 입을 어떻게 열었던 걸까.

아쉬울 따름이다. 취조실 녹화만 해 뒀어도 무슨 대화가 오갔는지 알 수 있었을 텐데 말이다.

"마음 같아선 정말 데려오고 싶었습니다."

이 국장이 흐흐 웃었다.

"아서. 그놈 몸값 높아. 떠돌아다니는 부서마다 다 데려가려 하니."

웹튜브 수사로 올해의 공정인 상을 탔다 했던가?

YK암보험부터, 산재 은폐 조사까지 했던 놈이다. 최근엔 바이포인트로 스위스 계좌보다 찾기 힘든 은닉 자산을 찾아 내었다.

이는 과장인 자신보다 더 대단한 커리어다.

"그럼 단념해야겠군요."

"그래야지. 자네가 키울 생각을 해 봐. 우리 국에도 똘똘한 놈 많다."

많기야 하겠지.

하지만 그만큼이나 직감을 타고난 놈은 없다.

마치 대기업에서 몇 년 구른 것같이 능구렁이 같고, 솜씨가 훌륭하다. 부임한 지 얼마 안 된 행시 출신이라곤 믿기지가 않는다.

"그간 고생 많이 했다. 운영지원과에 카드 맡겨 놨으니 오늘 원 없이 회포 풀어."

더할 나위 없이 성공한 수사였지만 뒷맛이 텁텁하다. 임 사장 모습에서 과거 김성균의 모습이 너무 많이 보였다.

아는 사람을 만나서인지, 아니면 아는 업종을 조사해서인지 이번 사건은 유난히 감정이입이 많이 되었다.

임 사장이 짝사랑을 끝냈다 하는데 만감이 교차했다.

당분간은 일이 손에 잡힐 것 같지 않다.

"얘기 들었다. 태광건설이 다 인정했다더구만."

"네."

"윤 과장이 칭찬 많이 하더라. 자기랑 했을 땐 씨알도 안 먹혔는데 됐다고."

준철은 바로 종합국에 복귀해 오 과장에게 보고했다.

이미 언론에 떠들썩하게 나간 터라 부연 설명이 필요치 않았다.

"근데 너 얼굴이 왜 그러냐. 꼭 허탕친 놈처럼."

"잠을 많이 못 잤습니다. 이번 사건이 좀 어려웠던 것 같네요. 해서 말인데 과장님. 저 연차 좀 쓸 수 있을까요. 한 사흘 정도만 쉬다 오고 싶습니다."

표현할 수 없는 마음속 응어리.

이걸 진정시키지 않고선 다음 일을 맡을 수가 없을 것 같다. 늘어지게 자고, 늘어지게 먹으며 심신의 안정을 취하면 좀 나아지겠지.

"휴가? 그래…… 휴가…… 좋지."

하지만 오 과장의 반응이 영 이상했다.

참 희한한 광경이었다. 본래 오 과장은 준철의 휴가 문제에 인색함이 없었는데. 일하겠다 해도 등 떠밀어서 휴가를 줬던 사람인데.

"이 팀장. 미안한데 그거 다음에 쓰면 안 되겠냐. 자네가 꼭 좀 맡아야 할 일이 있어서."

"종합국에 무슨 일 터졌습니까?"

"특허 갑질이 하나 들어왔는데…… 일이 좀 커질 것 같다. 자네랑 좀 연이 있는 기업이기도 하고."

"저랑 연이 있다고요? 누가 신고했는데요."

"대웅조선."

순간 머릿털이 쭈뼛 섰다.

대웅조선이라면…… 배 한 척을 다 까뒤집었던 그놈들?

"아니, 그놈들 아직도 하청 특허 빼먹고 삽니까."

"반대야. 이번엔 그놈들이 당했어. 피해자네."

"피해자요?"

"대웅조선이랑 국내 조선 업계 다섯 곳이 고발을 했거든. 프랑스 ATT사가 핵심 특허를 가지고 갑질을 일삼고 있다네."

무슨 사건인진 귀에 들어오지도 않았다.

준철은 서둘러 그 빅5를 살펴봤다.

'이게 무슨⋯⋯.'

대웅조선이 공정위에 신고를 했는데, 빅5 명단엔 대성중공업도 있었다.

한 놈은 자신의 손으로 배 한 척을 다 까 본 놈이고, 다른 한 놈은 산재 은폐하려다 작업 중지 명령까지 받은 놈이다.

영혼까지 털어 댄 놈들을⋯⋯ 이젠 도와줘야 한다고?

⟳

자동차는 만드는데 바퀴는 못 만드는 나라.

이것이 국내 조선 업계에 대한 글로벌 시장의 냉혹한 평가다.

한국은 LNG 화물선(천연가스 수송선)의 전통적 강자로, 글로벌 시장의 87%를 독점하고 있는 나라다. 국제 천연가스는 전부 한국 배로 수송된다 해도 과언이 아니다.

하지만 가장 중요한 기술 한 가지를 보유하지 못했으니⋯⋯ 기체 상태인 천연가스를 액체로 저장할 수 있는 저장 탱크 기술이 없었다.

모든 문제의 원흉은 이 원천 기술 하나였다.

프랑스 ATT사는 독보적인 저장 탱크 기술을 가지고 있었는데, 이들의 시장 점유율은 무려 95%나 되었다.

말해 뭣 하겠나.

95% 점유율이면 독점이 아니라 독재 시장이다. 알짜배기 특허를 쥔 ATT사는 선박당 5%의 로얄티를 받아 갔으며, 국내 조선 업계가 이 돈으로 쓴 로얄티만 해도 한 해 4천억이 넘었다.

이쯤 해도 돈은 여우가 벌어 간다 소리가 나오건만, 이들의 횡포는 여기서 그치지 않았다.

"그러니까 끼워 팔기를 당했다는 거야?"

"네. 국내 조선 업계가 필요한 건 저장 탱크 하나인데, ATT에서 엔지니어링 서비스까지 팔았답니다."

"엔지니어링이면 시공 작업?"

"그렇습니다. 업계 입장을 들어 보니 시공은 자기들도 충분히 할 수 있다더군요. 근데 ATT사가 무조건 이 두 가지를 함께 팔았답니다."

사는 놈은 냉장고만 사겠다 하는데, 파는 놈은 자꾸 설치까지 해 주겠다 한다.

문제는 이 설치비가 냉장고 못지않게 비싸다는 거다.

"바가지를 얼마나 씌웠기에 그래?"

"엔지니어링 세 번 받을 돈이면 저장 탱크 한 대 살 돈이었답니다. ATT가 가진 특허가 워낙 독보적이라 부르는 게 값이었다고……."

"그럼 좀 다른 업체 거 쓰면 안 되나. 저장 탱크 기술이 ATT한테만 있는 건 아니잖아."

"안정성이 입증된 건 ATT밖에 없습니다. 사실 국내 업체들도 여러 번 국산화하려고 시도해 봤습니다만 번번이 실패했다 하더군요."

김태석 국장은 쓴웃음을 지었다.

당연히 실패했겠지. 국내 하청들이 이런 기술 국산화하면 뭐 하나, 원청은 뒤통수치고 기술 빼먹기 바쁜데.

"자업자득이구만. 이런 게 업보지."

말은 그리 했지만 머릿속은 복잡하기만 했다.

갑질하던 놈들이라고, 당한 거까지 모른 척 넘어갈 순 없는 노릇이다.

"ATT에선 뭐래?"

"라이선스는 시공 작업이 중요해 함께 팔 수밖에 없었다 합니다. 그리고 시공을 맡겨 주면 기술 유출 우려가 있다는 게 그쪽 설명입니다."

"자네 생각은 어때? 일리가 있어 보여?"

"솔직히 전 ATT사의 해명이 억지처럼 보였습니다. 굳이 냉장고 설치 비용까진 필요 없어 보입니다."

할리우드에서 건너온 어벤져스 영화 한 편이 있다 치자.

국내 극장은 이를 개봉하고 관객수만큼 로열티를 지불하면 된다.

하지만 이 영화는 반드시 우리가 선정한 사운드 업체와 스크린으로 봐야 작품의 정수를 알 수 있다고 생떼를 부리면?

명백한 갑질이다.

ATT사의 논리가 그러했다. 시공은 라이선스와 무관한 사업으로 만약 국내 기업이 같은 갑질을 했다면 당연히 제재가 들어갔을 일이다.

하지만 여기엔 절대로 간과할 수 없는 문제도 있었다.

ATT사는 프랑스 국적 회사로 자칫하면 무역 분쟁의 불씨가 될 수도 있다는 것이었다.

김태석 국장은 긴 한숨을 내쉬더니 서류를 쓱 밀어내었다.

"오 과장. 난 솔직히 이거 맡기가 좀 꺼림칙하다. 그 바닥이야 당연히 특허 가진 놈이 왕이지."

"그건 그렇습니다."

"우리가 이거 제재하면 분명히 또 뒷말 나온다. 한국은 자국 기업 보호하기 위해 행정 권력을 남용하는 나라라고."

이럴 때 가장 좋은 방법은 하나다.

"서로 화해시켜 봐. 솔직히 ATT랑 조선 업계가 경쟁 업체도 아니잖아? 공생 업체지. 깊게 관여하지 말자."

그냥 부부 싸움이 좀 크게 일어났을 뿐이다.

이혼하네 마네 하면서 위자료 얘기 오갔던 거고, 그 과정에서 감정도 약간 상했을 뿐이다. 하지만 이 둘은 절대로 이혼할 수 없는 관계다. 한 놈은 탱크만 만들 줄 알고, 다른 한 놈은 배달만 할 줄 아는데 어떻게 헤어지겠나.

"근데 국장님…… 이게 꼭 그렇지만은 않은 것 같습니다."

"뭐?"

"사실 산업통상부에서 몇 번이나 중재하려 해 봤더군요. 하지만 서로 입장 차가 너무 분명했답니다. 빅5 국내 조선 업계가 합심해서 저희한테 고발한 것만 봐도 이 둘의 관계는 이미 파탄 난 것 같습니다."

김 국장은 쓴 침을 삼켰다.

그냥 어물쩍 넘어갈 순 없는 문제구나.

"그럼 하자. 인력 얼마나 필요할 것 같아?"

"사실 뭐 증거를 찾고, 입증을 해 대고 할 문제는 없어서 많은 인력은 필요 없습니다. 이준철 팀장이 남는데, 그 친구에게 이 사건 맡길까 합니다."

"그럼 그놈한테 맡기고. 뭐 더 필요한 거 있나?"

"없습니다."

김태석 국장은 제쳐 두었던 서류를 다시 펴서 사인을 갈겼다.

끼워 팔기를 했느냐, 안 했느냐.

말은 간단하지만 정말이지 피 말리는 조사가 될 것이다. 이 두 놈들은 다 체급이 큰 놈들이라 어떤 쪽으로 결론 나든 승복을 안 할 테니 말이다.

무조건 불복할 게 빤한 사건을 맡는 것만큼 괴로운 게 없다. 그렇다고 국내 조선 업계가 딱히 편들어 주고 싶은 놈들도 아니었고.

"가만. 이준철이?"

그렇게 서류를 넘길 때. 김 국장이 눈썹을 치켜들며 물었다.

"그놈 그거 대웅조선 배 한 척 다 까 본 놈 아니야?"

"예. 대성중공업 산재 은폐 혐의도 밝혀냈죠."

"아니 그런 놈한테 이 사건 배당시키면 어떻게? 이건 절대 편파 시비 나오면 안 된다고."

"그래서 더 제격이죠. 이 사안을 가장 냉정하고 까다롭게 평가해 주지 않겠습니까."

"그야 그렇지만……."

"그런 외적인 부분과 별개로 일처리를 가장 잘하는 놈이기도 합니다."

김태석 국장은 무어라 더 말하려다 말고 고개를 끄덕였다.

맞는 말이다. 그놈이라면 누구보다 이 사안을 냉정하게 평가해 줄 것이다.

❖

"……과장님. 이거 진짜 제가 하는 게 맞을까요."

"왜? 평소엔 일 달라고 아우성인 놈이."

"아시잖습니까. 제가 그쪽 업계에서 평판이 안 좋다는 거."

조사가 결정되었을 때, 준철은 난감함을 금할 수 없었다.

국내 조선 업계가 가장 증오하고 있는 게 바로 자신 아닌가?

빅5 중 한 놈은 배 한 척을 다 까서 특허 도용을 밝혀냈고, 다른 한 놈은 작업 중지 명령으로 산재 은폐 혐의를 밝혀냈다.

"불편하냐?"

"저야 뭐 때린 입장이라 아무 감정 없는데, 국내 조선 업계는 앙금이 가시지 않았을 겁니다."

"네가 그놈들 앙금을 왜 걱정해 줘? 아닌 말로 이건 너 같은 놈을 너무 늦게 만나서 벌어진 참사다."

"예?"

"그놈들이 하청 특허 존중해 주고, 정당한 로열티 지불해 봤어 봐. 저장 탱크 기술도 금방 따라잡았겠지. 이건 지들이 하청들 뒤통수쳐서 아낀 로열티, 지금 이자까지 쳐서 내는 거야."

뭔가 위로를 해 주려고 준비한 멘트 같은데, 전혀 위로가 되지 않았다.

준철은 머리를 긁적이며 솔직히 말했다.

"과장님. 사실 좀 불편합니다. 아무리 그래도 제가 너무 심하게 조사한 업체들이에요. 이 사안만큼은 다른 팀장들한테 맡기시는 게……."

"아니야. 그래서 네가 제격이야."

"예?"

"ATT사 프랑스 업체라 분명 또 편파 시비 나올 거다. 근데 너만큼 그 시비에서 자유로울 수 있는 사람이 어디 있겠어? 그냥 넌 냉정하게 하나만 판단해라. 이거 끼워 팔기인지 아닌지."

젠장.

뭔가 부드러운 말투라서 부탁하면 사건 안 맡을 수도 있겠다 싶었는데.

얘길 들어 보니 이미 낙점해 놓고 있었던 모양이다.

"……알겠습니다. 최대한 냉정하게 따져 보겠습니다."

준철이 풀 죽은 목소리로 대답하자 오 과장이 일 얘기를 시작했다.

"사건은 어디까지 파악했어?"

"업계 사정만 겨우 파악했습니다. 국내 조선 업계가 배는 만드는데 저장 탱크는 못 만든다고……."

"그거 알면 됐다. ATT사의 저장 탱크가 시장점유율 95%인데. 이놈들이 이거 가지고 갑질을 했어."

"필요한 건 저장 탱크 하난데, 불필요한 엔지니어링 서비스까지 팔았단 말씀이시죠."

오 과장이 고개를 끄덕였다.

"그래. 사실 그게 전부야. 이건 뭐 입증하고, 증거 찾고 할 필요도 없어."

"그럴 것 같습니다……."

"이 팀장은 어떻게 생각해?"

쉽사리 입이 떨어지지 않는다.

내 입으로 그놈들을 변호해 주는 날이 올 줄이야.

"솔직히 끼워 팔기가 맞는 것 같습니다. ATT의 해명을 읽어 봤는데, 시공을 왜 꼭 자기들이 해야 하는지 납득이 안 되더군요. 다만 문제는……."

"우리 제재안을 놈들이 승복 안 할 거라는 거?"

"네."

"맞아. 사실 이건 뭐 법리를 따지고 말 것도 없어. 패배한 쪽을 어떻게 납득시키느냐가 관건이야."

그래서 더 준철을 추천한 오 과장이었다.

"근데 과장님. 저장 탱크는 다른 업체가 없는 겁니까? 글로벌 시장에서 저장 탱크 만드는 업체가 하나만 있는 게 아닐 텐데요."

"ATT의 안정성이 독보적이란다."

"안정성이 조금 떨어져도 쓸 만한 탱크는 있잖아요."

"그건 국내법에 막혔어. 국내 LNG 선박 기준이 굉장히 까다롭거든. 그 요건을 맞출 수 있는 건 ATT밖에 없다."

준철의 눈빛이 빛났다.

저장 탱크. 다른 나라들은 이걸 아예 못 만들어서 없는 게 아니다. 국내 LNG 선박 기준은 굉장히 까다로웠고, 그 기준을 충족하는 건 ATT밖에 없었을 뿐이다.

물론 그들이 가진 기술력이 독보적이란 사실엔 변함이 없지만.

"그건 왜 물어?"

"아닙니다. 뭔가 좀 걸리는 게 있어서."

"그게 뭔데."

"아직은 말씀 못 드리겠습니다. 순전히 제 추측입니다."

오 과장은 길게 묻지 않았다.

확신이 생기면 말하지 말라 해도 다 보고를 해 댈 놈이다. 거대 기업들을 상대해야 하는데, 여러 가지 생각이 많이 들겠지.

"뭔 꿍꿍인지는 모르지만 너무 큰 돌발 행동은 하지 마라. 상대는 외국 기업이다."

"네. 걱정 마십쇼."

"내일 먼저 국내 조선 업계랑 면담이 있다. 이 팀장한텐 불편한 얼굴들이 많을 거야. 정 불편하면 첫 면담은 내가 해 줄까?"

"아닙니다. 일인데요, 뭐. 제가 만나 보겠습니다."

대답은 씩씩하게 했지만 속내는 불편했다.

내일 면담은 불편한 정도가 아니라, 가시방석일 것 같다.

그놈들이나 나나.

공정거래
위원회

"이준철이?"

"아니, 그 쌍놈 새끼가 이 사건 담당자라고?"

빅5 사장들이 모인 회의실에선 신음이 흘러나왔다.

해당 사건을 공정위가 맡아 줬다는 기쁨도 잠시.

담당자가 바로 자신들을 풍비박산 냈던 이준철이란 걸 들었을 땐 환호가 절망으로 바뀌었다.

"이건 안 돼! 해 보나 마나야."

특히나 대웅조선 조 사장의 반응이 격렬했다.

그놈 하나 때문에 물갈이된 임원이 몇 명인가. 특허 도용을 책임을 지고 사장급부터 본부장까지 옷을 벗었다.

대성중공업은 작업 중지 명령으로 주가가 거의 반 토막 나 버렸고, 그때 주저앉은 주가가 아직도 회복을 못 하고 있었다.

이건 공정위의 저의 자체가 의심스러웠다. 국내 중공업체에 적대적인 사람을 담당자로 배정한 건 곧 ATT의 편을 들겠다는 게 아닐까?

"이럴 거면 차라리 철회하는 게 낫지."

"공정위가 ATT 편을 들어 주면 놈들의 횡포가 더 심해질 거라고!"

다들 그렇게 불안에 떨 때, 한 사내가 조심히 입을 열었다.

"그래도 고발을 철회하는 건 좀 더 두고 보자고."

"유 사장, 그게 무슨 말이야? 담당자가 이준철이라니까. 그놈 악명을 몰라?"

"사정은 잘 아는데, 그렇다고 어떻게 고발을 철회해. 우리가 이 기회를 어떻게 얻었는데."

"이건 기회가 아니라 위기야! 그 자식은 국내 중공업계에 무조건 적대적이라고."

"그건 해 봐야 아는 거 아닌가. 사실 그때 공정위한테 제재를 받은 건 사유가 충분했잖아. 반대로 이번엔 우리 사유가 더 충분해."

절박함 끝에 겨우 얻은 기회다.

ATT는 노른자 특허를 가지고 무소불위의 권력을 휘둘렀다.

국내 조선 업계는 더 이상 횡포를 당해 낼 재간이 없었고, 피해 사실을 입증할 만한 다수의 증거도 가지고 있었다.

눈동자가 재빠르게 굴러가다 대웅조선 조 사장에게 모였다.

"조 사장…… 어떡하면 좋겠어?"

그의 얼굴은 시시각각 꿈틀거렸다.

이준철이가 어떤 놈인지 누구보다 잘 안다.

하지만 공정위가 이 사건을 겨우 맡아 줬는데 쉽게 철회할 순 없는 노릇이다.

"하자."

"……괜찮겠어? 그놈은 우리한테 적대적인 놈인데."

"유 사장 말대로 그건 까 봐야 알아. 그리고 이 사건은 누가 봐도 우리가 피해자야. 공정위도 뭔가 이상하다 싶었으니 사건 접수시켜 준 거라고."

냉정하게 생각하기로 했다.

이준철, 얼마나 예리한 칼인지 잘 알고 있지 않나. 젊은 놈답지 않게 일 처리 확실하고 사소한 것도 그냥 넘어가지 않는다. 적으로 만나면 질색할 상대지만, 편으로 만나면 이만큼 믿음직한 놈이 없다.

대성중공업의 최 사장도 슬그머니 입을 열었다.

"나도 조 사장 생각과 같아. 솔직히 이번 사건은 우리 피해가 명확하잖아? 어쩌면 그자가 맡는 게 더 큰 기회가 될 수 있을 것 같네."

오히려 좋다. 앞뒤 안 가리고 덤비는 놈이 우리 편이라면.

"좋아, 그럼 이제 그 얘길 꺼내야 할 것 같은데."

얘기가 정리되자 바로 주제가 넘어갔다.

"만약 공정위가 ATT를 제재한다 해도 놈들은 절대 안 들어 먹을 거야. 국적도 프랑스라 강도 높은 규제를 때릴 수도 없어."

"그럼…… 우리 진짜 그 얘기 꺼내 보는 건가?"

"그래. 저장 탱크 안정선 기준 낮춰 달라 하자."

"가스공사가 너무 높은 기준치를 요구하고 있어. 이거 규제만 좀 완화해도 우리 ATT한테 이렇게 휘둘릴 필요 없다고."

그것이 이들의 플랜 B였다.

공정위가 ATT를 제재하지 않으면 국내 안정성 기준을 낮춰 버리는 것.

비록 ATT의 안정성은 못 따라가도, 비슷한 안정성에 가성비 좋은 저장 탱크는 시장에 널리고 널렸다. 그 가성비 저장 탱크 중 하나는 국내에서 개발한 KC탱크도 있었다.

"우리 국내 업체가 개발한 KC탱크. 이거 규제만 완화하면 쓸 수 있어."

"근데 다들 그거 진짜 쓸 거야? 이거 그때 시연 했는데, 외벽에 결빙이 생겼잖아."

"기술은 계속 보완해 가면서 쓰면 돼. 그리고 누가 이걸 바로 쓰자 했나. 우리한테 이런 카드가 있다는 걸 보여 주면 ATT도 로얄티 낮추든 뭐든 협상 테이블로 나올 거야."

실패한 국산화 모델, 당장 상용화할 순 없지만 저력은 보여 줄 수 있다.

이런 기술까지 가지고 있다는 걸 보여 주면 놈들의 갑질 수위도 좀 줄어들 것이다.

"그래도 일단 한번 진행해 보자."

"오케이."

"다들 이준철 만날 때 말조심해. 과거의 감정이 나와선 안 된다."

"당연하지. 절대 그놈 심기 거스르지 말자."

❧

"오랜만입니다, 팀장님. 안 본 새 풍채가 좋아지신 것 같군요."

"반갑습니다."

"그간 안녕하셨는지요."

"예, 뭐. 덕분에⋯⋯."

"말씀 많이 들었습니다. 팀장님께서 작년에 공정인 상까지 타셨다고요. 예전에도 느꼈지만 팀장님은 참 강직하신 분 같습니다."

"⋯⋯그건 어떻게 아셨습니까."

"불철주야 나라를 위해 일하시는데 소문이 안 날 도리가 있나요. 팀장님 같은 분이야말로 애국자라 생각합니다."

잔뜩 긴장하며 성사된 첫 만남.

굉장히 민망한 자리가 될 것이라 예상했는데, 조금 다른 쪽으로 민망하다. 자리에 모인 이들은 낯간지러운 말을 쏟아내며 정신을 쏙 빼놓았다.

온갖 안테나를 다 동원했는지, 준철이 그간 어떻게 지냈는지 아주 빠삭하게 꿰고 있었다.

"저희 같은 산업 역군과 팀장님 같은 애국자는 서로 도와야 합니다."

"모쪼록 묵은 감정은 털어 내고 국익 하나만 생각해 주십쇼."

국익이라…… 원천 기술 하나 없어서 온갖 바가지를 다 뒤집어쓰고 있는 놈들이 또 이럴 땐 국익을 찾는다.

국내 조선 업계 편들어 달란 빤한 소리다.

"대웅조선 조명수 사장님이십니까?"

준철은 눈을 돌렸다.

"예. 제가 이 사건 고발을 담당한 조 사장입니다."

"제가 알던 분이 아니시네요."

"그때 그 사건 이후 저희 전직 임원들은 전부 싹 다 물갈이됐고, 부족한 제가 사장 자리를 맡게 됐습니다."

"……그렇군요."

"덕분에 저는 초고속으로 사장까지 진급하지 않았겠습니까. 이런 말 뭣하지만 팀장님과 제가 인연이 좀 있나 봅니다."

이들의 과한 아부가 안쓰럽기도 했고, 민망하기도 했다.

하청 사장한테 접대를 받을 때도 이렇게 민망하진 않았었는데.

하지만 한 가지만 생각하기로 했다. 지금은 이놈들의 편을 들어주라고 있는 게 아니다. 냉정하게 사건을 보고 판단해야 한다.

"먼저 보강 자료 좀 보고 싶은데, 준비됐나요?"

"예. 저희 대웅조선 자료는 모두 준비했습니다."

"대성도요."

"현진도 자료 가져왔습니다."

기업 자료를 이렇게 쉽게 받았던 적이 얼마나 되겠나. 경찰 부르고, 압수수색영장 발급받고, 밑에서 육탄전까지 강행하다가 받는 게 이 기업 자료다.

그걸 따로 요구하지도 않았는데, 가져온 걸 보면 어지간히 급한 게 분명하다.

준철은 서류를 살피더니 말했다.

"얘기는 들었습니다. ATT가 라이선스만 넘기면 되는데 그걸 시공까지 하겠다 했다고요."

"네. 아주 악질인 놈들입니다. 냉장고 하나 사는데 자꾸 설치까지 받으래요."

"솔직히 이게 말이나 될 소립니까?"

"이건 명백한 끼워 팔기죠. 그 정도 기술자들은 있습니다. 그냥 라이선스만 줘도 돼요."

준철이 서류를 넘겼다.

"사실 이 문제를 ATT사에도 물어봤습니다. 근데 그쪽은 시공 과정에서 특허 유출이 될 확률이 있어 안 된다 했더군요."

"그건 핑곕니다! 막말로 그거 시공 못 하게 한다고 저희가 특허 못 봅니까? 완제품 분리해서 무슨 작업인지 다 들여다

볼 수 있는데."

"그냥 시공 작업까지 팔아먹어서 이득 취하려는 겁니다."

준철은 고개를 끄덕이다 물었다.

"알겠습니다. 일단 자료 받았으니 저희가 검토해 보죠."

"네."

"오늘은 그만 돌아가셔도 좋습니다."

그렇게 돌아설 때.

갑자기 한 사내가 쓱 손을 내밀었다.

"저 팀장님. 저희가 좀 다각적인 논의를 해 보고 싶은데…… 몇 말씀 더 드려도 될까요."

"다각적인 논의요?"

"네. 사실 이 사태가 온 이유도 다 그놈의 독점 때문입니다. ATT사의 독점. 근데 이게 다 가스공사가 너무 높은 안정성을 요구해서 벌어진 참사란 말이죠."

그들은 눈치를 살피더니 말했다.

"사실 저희도 이 저장 탱크를 상용화한 모델이 있습니다."

"KC탱크 말씀이십니까?"

"네, 아시는군요."

"가스공사가 400억이나 투자해서 개발에 들어갔는데, 결국 기술적 한계를 못 넘었다고 뉴스가 실컷 나갔더군요."

"하하…… 기사가 좀 과장된 모양입니다. 탱크 외벽에 약간 결빙 현상이 있었던 것뿐인데."

"사실 뭐 기술 개발이 어떻게 하루아침에 뚝딱 만들어지겠습니까. 2세대 국산 저장 탱크를 개발 중이고 지금도 기술 진전이 많이 이뤄졌습니다."

준철이 뚱한 표정을 지었다.

엉뚱한 소릴 계속 해 대는 걸 보니 역시 꿍꿍이가 있다.

"무슨 말을 하고 싶은 겁니까."

"국내 기준치가 너무 높아요. ATT의 안정성은 인정한다만 그 기준을 조금만 낮추면 충분히 좋은 기술도 많습니다."

"설마 그 실패한 KC탱크를 상용화하겠다는 건 아니죠?"

"단거리 노선엔 충분히 쓸 만한 탱큽니다. 사실 저희도 ATT와 오래 싸우고 싶지 않아요. 그들이 독점적 지위를 갖는 건 결국 다 까다로운 국내 기준치 때문 아니겠습니까."

"이것만 완화해 주시면 저희 기업끼리 상의해 합의점을 찾아보겠습니다. 그럼 팀장님께도 누를 덜 끼칠 겁니다."

준철은 자료를 덮었다.

그럼 그렇지. 대기업들이 단순히 억울하다고 해서 고발을 해 대진 않는데.

현 상황 자체를 이용해 보려는 거다. 공정위에게 ATT 제재해 달라 하고, 뒤로는 국내 기준치를 낮춰서 그들의 특허 몸값을 떨어뜨려 버리는 것이다.

"재밌군요. 혈세 400억 투자해서 실패한 기술을 끝끝내 상용화하겠다고 하시니."

"지금은 그때랑 많이 달라졌습니다. 충분히 쓸 만해요. 모쪼록 팀장님께서 잘 봐주시면…….

"어림없다는 거 아시죠?"

"……예?"

"제가 LNG 선박에 대해 잘은 몰라도, 응축시켜 놓은 천연가스가 터지면 어떻게 되는지는 잘 압니다. 가스공사가 뭐 국내 조선 업계 괴롭히려고 그렇게 높은 기준치를 만들었겠습니까."

"그게 아니라…….

"난 태평양 한가운데서 핵폭탄이 터지는 거 원하지 않아요. 국내 기준치 낮출 생각일랑 꿈도 꾸지 마쇼."

준철은 자리에서 일어나 버렸다.

"그리고 저희는 공정위입니다. 해당 사건이 부당 계약인지 아닌지만 판단하지, 기술적 얘기 이런 건 관심 없어요. 알고 싶지도 않고."

"……."

"앞으로 제 앞에서 플랜 B 얘기하지 마시기 바랍니다. 그만들 돌아가세요."

준철의 말이 끝나자 사장들이 허겁지겁 자리에서 일어났다.

"기분 나쁘셨다면 죄송합니다. 이거 괜한 얘기를 꺼내서…….

공정거래
위원회

"저희도 사정이 워낙 다급하여……."

"못 들은 걸로 하겠습니다. 신경 쓰지 마세요."

하여간 틈을 줘선 안 되는 놈들이다.

글로벌 시장에서 호구 잡힌 게 마음이 쓰였는데, 동정심이 싹 달아났다.

'오히려 좋아.'

덕분에 더 냉정하게 사건을 판단할 수 있겠다.

질 끝판왕 사망

한명그룹
김성균 본부

뻔뻔한 놈, 뻣뻣한 놈

『내 인생에서 가장 지루한 한국 여행이 되겠군.』

입국 수속을 마친 마르숑 사장의 첫 마디였다.

박병수 변호사는 그의 캐리어를 건네받으며 웃음을 지었다.

『지루하진 않을 겁니다. 박진감이 너무 넘쳐서 문제겠지.』

『오호? 미스터 팍. 금세 불어 실력이 늘었군.』

『바이어가 프랑스인인데 영어만 쓸 수 있나요. 이젠 제법 대화도 되실 겁니다. 하하.』

"왜 ATT 한국 지사에는 당신 같은 사람이 없는 거지. 그 치들한텐 내가 상산데 봉쥬르밖에 알아들을 줄을 몰라."

"저야 원래 불어 전공이라서 쉽게 배운 감도 있죠."

"아니, 이건 성의의 문제야. 그자들은 자기들에게 월급 주는 사람이 뭘 필요로 하는지 모른다고."

한국 직원들이 정말 불어를 못해서 화가 났겠나.

고작 이 문제도 해결 못 하고 사람 불러 대니 역정이 뻗친 것이다.

"이런, 내가 또 괜한 사람한테 분풀이를 했군."

"괜찮습니다. 일단 타시죠."

검은색 세단에 오른 두 사람은 인천항을 경유해 서울로 향했다.

드넓은 인천 바다에는 중공업 선박들이 가득 수를 놓고 있었는데, 그중 한 척이 마르숑 사장의 시선을 붙잡았다.

"미스터 박. 저기 저 배가 보이시오?"

"네. 대웅조선 배로군요."

"쟝 끌리에 수석이 직접 엔지니어링한 배야. 2세대 저장 탱크 기술을 첫 시공한 LNG선이기도 하지."

"아, ATT랑 인연이 깊은 배였군요."

마르숑 사장이 쓴웃음을 지었다.

그때만 해도 한국 조선 업계는 세계 시장에서 명함도 못 내밀던 기업이었다. 뭐 누가 알았겠나. 출발이 40년이나 늦은 한국이 세계 LNG 시장을 독식할 줄.

"지금 보니 인천 바다에는 ATT랑 인연 없는 배가 없구먼."

"세계 어느 바다를 가든 비슷할 겁니다. ATT가 저장 탱크 시장의 95%를 독점하고 있으니."

"나는 그 점이 더 안타깝소. 우리가 클 수 있었던 건 한국 조선업계의 힘이었고, 그들이 클 수 있었던 건 우리의 탱크 기술 덕분이었는데."

프랑스인 특유의 감성적인 말투였지만, 얼굴은 딱히 감상에 젖은 얼굴이 아니었다.

그때는 눈도 못 맞추던 놈들이, 이젠 체급 커졌다 이거냐?

마르숑은 혀를 끌끌 차더니 고개를 돌렸다.

"얘기는 어디까지 진행된 거요?"

"공정위에서 소명 요구가 왔습니다. 아무래도 이 사안을 깊게 조사할 모양입니다."

"주동자가 누구지?"

"대웅조선이 앞장을 섰지만, 국내 빅5 중공 업체가 전부 다 고발을 진행했습니다."

"은혜도 모르는 놈들이군."

본심은 곧 말에서 드러났다.

"그래서 어디까지 얘기됐소?"

"내일까지 우리가 답변을 해야 합니다. 저장 탱크를 팔 때, 왜 엔지니어링 서비스가 꼭 필요했는지요."

"미스터 팍. 법조인으로 이 사태가 어떻게 될 것 같소? 정말 냉정하게."

"해 볼 만합니다. 다만 본사에서도 다각적으로 검토를 고려해 주십쇼."

어지간해서 항상 자신 있다 말하는 변호사다. 그가 말한 다각적인 검토는 엔지니어링 서비스를 빼는 방안도 고려해 보란 것이다.

불편한 얼굴로 본사에 도착하자 대역 죄인들이 회의실 안에서 기립해 있었다.

마르숑은 인사도 들은 체 만 체하며 불편한 심기를 노골적으로 드러냈다.

"……마르숑 사장님 먼 길 오느라 고생 많으셨습니다."

"그래. 고생 많았지."

"……"

"가는 길이라도 편하게 해 주시오, 부디."

대표로 보이는 사내가 주섬주섬 서류를 건네자 마르숑은 손등을 쳐 버렸다.

"비행기에서 내내 읽은 서류를 또 읽으라고?"

"아, 아닙니다."

"알 건 다 아니 핵심적인 보고만 해 보시오."

박병수 변호사를 제외한 모든 참석인들의 얼굴이 굳어졌다.

풍기는 분위기를 봐선 해고 통지서를 날리러 온 사람 같았다.

"예. 일단 공정위에 1차 소명은 했습니다. 저장 탱크는 기

**공정거래
위원회**

술 특성상 판매와 엔지니어링을 분리할 수 없다고…… 하지만 한국 조선 업계가 직접 설계 능력을 선보이며 저희 측 주장이 억지라 주장하고 있습니다."

국내 조선 업계의 요구는 하나였다.

냉장고는 살 테니, 제발 설치는 우리가 하게 해 달라.

하지만 그러면 이 알짜배기 특허를 파는 이유가 없다. 비싼 냉장고를 팔았으니, 당연히 이에 수반하는 시공 작업도 사야 한다.

"공정위는 당연히 그쪽 말을 더 믿나 보지? 그러니까 나까지 여기에 왔겠고."

"아무래도 저희 측 요구가 과한 부분이 있으니……."

"과해?"

"사실 탱크를 판매할 때 엔지니어링 서비스가 꼭 필수는 아니잖습니까. 한국 업계도 변리사와 국제 변호사까지 대동해 자신들의 논지를 보강하고 있습니다."

이들도 죽을 맛이었다.

사익을 위해 빈약한 논리를 계속 방어해야 하는데, 당연히 빈틈투성이다.

"하고 싶은 말이 뭔가."

"부대사업 포기하는 게 어떻습니다. 엔지니어링 서비스 포기한다고 해도 결국 우리한테 남는 장사입니다. 이들과 진정성 있는 협상을 해 보는 게……."

탁!

마르숑 사장이 노기 가득한 얼굴로 탁자를 내리찍었다.

『ATT가 발전하려면 이 얼간이들부터 정리해야겠구만! 돈을 벌어오기는커녕, 벌 수 있는 방법도 포기하자고?』

"……."

『그것보다 더한 일을 시켜도 해내야 하는 게 너희들 임무야. 그딴 소리 듣자고 내가 파리에서 온 줄 알아!』

불어가 튀어나오자 국내 경영진은 사색이 됐다. 이해는 못 해도 대강 알아들을 순 있었다.

그리고 그 말을 유일하게 이해할 수 있었던 박병수 변호사가 나섰다.

『사장님. 고정하십쇼. 법리적으로 아주 방법이 없는 건 아닙니다.』

마르숑의 시선이 그에게 닿았다.

『방법?』

『진부하지만 가장 먹히는 방법이 있죠. 그럼 우리 특허 쓰지 말아라.』

『그게 되겠나?』

『법률적으로 우리가 강매를 해 왔던 건 아니니까요. ATT가 가진 특허 기술이 그만큼이나 독보적이란 걸 어필해 보겠습니다.』

독보적인 특허의 매력은 여기서 진가를 발휘한다. 꼬우면 다른 특허 써.

그 어떠한 법률도 이 시장 논리를 이길 순 없다.

게다가 ATT는 외국계 기업. 한국 공정위가 함부로 건들수 없는 가장 훌륭한 방패를 가졌다.

마르숑은 긴 한숨을 내쉬더니 다시 영어로 말했다.

"공정위의 2차 소명 요구가 내일까지인가?"

"아, 예. 그렇습니다."

"우리 ATT사가 소명할 말은 한 가지요. ATT사는 프랑스기업이지 한국 기업이 아니다."

"……예?"

"한국 공정위에게 잘 알아듣도록 설명하시오."

"처음 뵙겠습니다. 공정위 이준철 팀장이라고 합니다."

"반갑습니다. ATT 법률 대리 박병수 변호사라 하오."

약속 장소로 나가 보니 중년인 사내가 환히 웃으며 악수를 건넸다.

웃는 얼굴에 침 못 뱉는다는데, 꼭 그런 것만도 아닌 것 같다. 이들은 공정위의 소명 요구에 ATT는 프랑스 기업이라 대답해 버렸고, 오늘처럼 중요한 자리엔 웬 법률 대리인을 내보내 버렸다.

"마르숑 사장님께서 나올 줄 알았습니다만, 많이 바쁘신 모양입니다?"

"언어적 문제 때문에 제가 대신 나오게 됐습니다. 아시다 시피 '프랑스 기업'이잖아요."

인사만 몇 마디 나눴을 뿐인데, 검은 속이 훤히 다 들여다 보였다.

국적 방패로 숨으시겠다?

"프랑스든 미국이든 한국에 법인 냈으면 한국 기업이죠. 근데 ATT 한국 지사는 직원들도 다 불어밖에 못 합니까?"

"제가 법률 대리라 말씀 드렸습니다만?"

"법률 대리 필요 없으니 실무자 불러 주십쇼. 우린 왜 ATT 의 저장 탱크를 쓰려면 반드시 엔지니어링 서비스도 받아야 하는지, 그 이유를 듣고 싶습니다."

민감한 얘기를 직설적으로 꺼내자 놈의 얼굴에선 웃음기 가 사라졌다.

"뭐 나를 책임 있는 사람이라 생각 안 하신다면 유감입니 다. 근데 공정위도 본분은 지켜야 하는 거 아닙니까."

"본분요?"

"힘쎈 놈이 약한 친구 괴롭히면 당연히 선생이 나서야겠 죠. 힘없는 하청이 원청한테 당한 일이었다면 공정위 조사 백번 이해합니다. 근데 이건 힘 쎈 두 놈이 서로 의견 안 맞 아서 투닥거리는 문제요. 왜 이런 문제까지 선생이 관여하려

하시오?"

"잘못 알고 계시네요. 힘이 세든, 약하든 누구도 서로를 괴롭혀선 안 된다, 이게 우리 학교의 규칙입니다. 아무리 대기업을 상대로 한 갑질이었다 해도, 부당한 건 부당한 거요."

예상치 못한 젊은 놈의 지적에 잠시 할 말을 잃었다.

"그리고 저희야말로 이 문제에 깊게 관여하고 싶지 않은 사람들입니다. 해서 두 업계가 잘 합의해 보라고 몇 번이나 중재를 해 드렸는데, 그건 왜 거부하셨습니까?"

"말이 되는 중재를 해야 응하지. 저장 탱크만 팔고, 엔지니어링은 국내 업체가 하게 해라. 이게 어떻게 중재요. 우리한텐 제재지."

"그럼 납득이 될 만한 이유를 대 보세요. 왜 저장 탱크를 팔 때 꼭 시공 작업까지 해야 하는 겁니까?"

박병수는 두 번째로 말문이 막혔다.

특허 유출의 우려, 국내 업체의 불완전한 시공…… 갖가지 이유를 대 엔지니어링 서비스를 함께 팔았지만, 사실 이는 핑계였을 뿐이다.

하지만 이럴 때일수록 목소리는 더 커야 하는 법.

"그게 불만이면 ATT 탱크 이용 안 하면 되는 거 아니요. 국산화해서 단가 아끼면 되겠네."

치사한 대답에 할 말을 잃는 준철이었다.

"우리가 뭐 국내 업체한테 이걸 강매라도 했소?"

"지금 그 말이 아니잖아요."

"뭐가 아니오. 근원적으로 따지면 국내 업체들엔 이 기술력이 없다는 게 문제요. 그럼 ATT라고 이게 하늘에서 뚝 떨어졌겠습니까? 시간과 노력, 그리고 투자. ATT는 다년간 이 분야만 연구했고, 이는 거기에 대한 로열티입니다."

"……."

"정당하게 얻은 특허를 국가에서 이렇게 규제하면 세상에 누가 기술을 개발하고, 투자에 돈을 씁니까?"

시장질서를 존중하라.

대기업들의 궁지에 몰리면 전가의 보도처럼 내뱉는 말이다. 놈의 말마따나 딱히 강매를 해 댄 것도 아니니, 반박할 말도 없었다.

"그래서 저희도 최대한 특허를 존중해 드리고자 합니다."

하고 싶은 말이 많았지만 준철은 한발 물러난 목소리로 말했다.

"서로 합의하시죠."

"합의?"

"지금까지 엔지니어링 시공을 끼워 판 것에 대해선 책임을 묻지 않겠습니다. 그러니 이제부터라도 저장 탱크만 넘겨주세요."

"그게 어딜 봐서 합의요? 우리한텐 제재지."

"저희가 진짜 제재를 한다면 겨우 이 수준에서 안 끝날 겁

공정거래
위원회

니다."

가시 돋친 말에 박병수는 잠시 당황했다.

하지만 물러설 순 없었다.

"그럼 한번 해 보시구려."

"······."

"단 한 가지만 기억하세요. 애들 싸움이 곧 부모 싸움 됩니다. 만약 한국 공정위에서 정당한 이유 없이 우릴 제재한다면, 자국에서도 가만있지 않을 거요. 프랑스는 그냥 프랑스가 아니라 EU 회원국이란 사실을 잊지 마시길 바랍니다."

할 말을 끝낸 박 변호사는 곧 자리에서 일어났다.

'젠장.'

그가 떠나고 나서도 준철은 한참이나 자리에서 일어날 수 없었다.

이 정도면 무시가 아니라 모욕이다. 외국계 기업이란 이점을 이렇게 확실하게 다 써먹을 줄이야.

공정위에서 무슨 제재가 떨어지든 끝까지 싸우겠단 의지를 확인한 자리였다.

※

"너무 늦게 인사를 드려 죄송합니다."

"별말씀을요. 공사가 다망하실 텐데 찾아 주셔서 감사합니다.”

"환대해 주시니 감사하군요. 다름 아니라 이젠 이 문제를 해결해야 할 것 같은데…… 오해가 쌓이다 보니 이젠 기업들끼리 감정싸움으로 가는 것 같습니다.”

산업부 에너지산업 실장은 뜬금없이 찾아온 마르숑이 마땅치 않았다.

갖은 겸손을 다 떨어 대지만 얼굴엔 숨길 수 없는 거만함이 가득하다.

"사실 안타까움을 금할 수 없습니다. ATT와 한국 조선 업계는 서로의 강점을 결합해 글로벌 시장을 장악해 나갔습니다. 경쟁 업체도 아니고 공생 업체인데 어쩌다 이 지경에 이르렀는지…….”

그걸 자초한 건 네놈들 아니냐?

산업부는 두 업계를 중재하려 각고의 노력을 기울였지만, ATT는 그 중재안을 번번이 걷어차 댔다. 아니, 아예 대화 테이블에도 나오지 않았다.

눈앞에 앉아 있는 놈은 그 지시를 최종적으로 내린 놈일 텐데, 이게 뭐 하는 꼴인지 싶었다.

"마르숑 사장님. 영어는 참 잘하시는군요.”

"예?”

"저희가 수차례 ATT의 실무 책임자를 만나고 싶다 했는데, 언어적 문제 때문에 거절당했거든요. 유창한 영어 실력을 가지고 계신 줄 알았다면 진작 만나 뵀을 텐데 말입니다."

"결례를 용서하십시오. 저희도 그룹 내부적으로 여러 가지 상의할 일이 많았습니다."

슬쩍 한번 긁어 봤는데, 공손한 대답이 돌아온다.

이상하다. 함부로 참는 놈들이 아닌데…… 정말로 원만한 합의를 하기 위해 온 걸까?

"먼저 이 서류를 읽어 봐 주십쇼."

하지만 그런 기대는 그들이 내민 서류에서 무참히 무너져 버렸다.

"이게…… 뭡니까?"

"중재를 해 주십쇼. 현재 한국 공정위가 저희에게 소명을 요구하고 있는데, 이건 아닌 것 같습니다."

"그러니까…… 국내 조선 업계랑 중재하겠다는 게 아니라 공정위랑 하겠다는 거요?"

"네."

이 육시럴 놈들이!

"그런 건 중재가 아니라 수사 무마라고 합니다. 그리고 우리가 그걸 하겠소? 각계 입장 고려해서 중재안 만들었는데, 대화 테이블에도 안 나왔던 건 ATT 아니오."

"그때는 대화할 필요가 없다 생각했습니다."

"그랬던 생각이 갑자기 뒤바뀌셨습니까?"

"네. 심판을 매수해 버리니 더 이상은 좌시할 수 없더군요."

"뭐, 뭐요? 심판을 매수해? 지금 한국 공정위가 조선 업계에 매수당했다 말하는 거요?"

"정황을 보면 그리 생각되는데, 표현이 격했다면 사과드리죠. 하지만 실장님 지금은 그게 중요한 게 아니잖습니까. 이 문제가 불·한 통상마찰로 비화되는 걸 산업부도 원하지 않으시리라 믿습니다."

통상마찰이란 말에 방금 당한 모욕이 머릿속에서 싹 사라졌다.

산업통상부가 가장 무서워하는 단어 아닌가.

"아시다시피 유럽은 에너지산업에 민감합니다. 2차대전의 숙적이었던 독일과 러시아를 단숨에 화해시켰으니, 안보 이상의 의미가 있다 해도 과언이 아니죠."

"그래서 누가 파이프라인을 건드렸소? 천연가스 저장 탱크 팔 때 시공 서비스 함께 팔지 마시오. 국내 업체들 요구는 이게 전붑니다."

"로열티가 곧 파이프라인입니다. 우리 로열티 안에는 저장 탱크랑 엔지니어링 서비스가 함께 붙어 있어요."

기가 차는 대답이었다.

"한국에선 그런 무모한 주장을 특허 갑질, 거래상 지위 남용이라 부릅니다."

"한국에선 어떨지 몰라도 경제재정부(프랑스 산업통상부)에선 저희 편을 들어 주겠죠."

"자꾸 통상 얘기 꺼내지 마시오. 이건 그 문제가 아닙니다."

"불가분의 관계입니다. 우리의 로열티를 건드는 건 곧 에너지산업에 대한 도전입니다. 프랑스는 단순한 프랑스가 아니라 EU 회원국임을 잊지 마십쇼."

끼워 팔기 안 했습니다, 가 아니라 했는데 어쩌라고다.

무례한 태도에 당장 자리를 박차고 싶었지만 그럴 수는 없었다.

이 문제가 통상마찰로 번질 수도 있다는 말…… 그건 절반 정도 사실이었다.

사실 사례가 있었다. 국내 조선 업계 1위와 6위가 약 3년 동안 합병을 논의하여 최종적으로 합병에 들어간 적 있었다.

하지만 다국적기업은 각국에서 기업결합 심사(합병 심사)를 받아야 하는데, 미국과 중국도 찬성한 합병 심사를 유럽에서 거부해 버렸다.

EU가 한국의 LNG 시장 독점을 우려하며 거부했던 탓이다.

이는 국내에서 이미 기정사실화됐던 합병이 무산된 최초의 사례로, 천연가스에 대한 유럽의 강박증을 보여 줬다.

"……"

그랬기에 통상마찰이란 단어가 과장되게 들리지 않았다.

실장이 주춤한 기색을 보이자 마르숑이 누그러진 목소리로 말했다.

"솔직히 한국과 프랑스가 적성국도 아니고, 또 우리랑 한국 조선 업계가 경쟁 기업인 것도 아닙니다."

"……"

"한쪽의 욕심 때문에 지금도 일이 너무 틀어지고 있습니다. 기업 간의 싸움이 어떻게 국가 간의 통상마찰로 이어질 수 있는지 원…… 대신 저희 쪽에서도 섭섭지 않을 만한 선물을 준비했습니다."

마르숑 사장은 팽팽한 긴장감을 지우려는 듯 웃으며 한 자료를 건넸다.

"저희가 기술 이전을 좀 도와드리도록 하겠습니다."

"기술 이전?"

"저장 탱크 ST200 기술을 모두 한국 기업에 전수하겠습니다. 조건 없이."

"이보세요…… ST200이면 2세대 저장 탱크 아니요. 지금 3세대 저장 탱크가 상용화된 지 언젠데."

"한국에선 아직 그 2세대 기술도 못 따라오지 않았습니까."

할 말이 없었다.

국산화 모델 KC탱크는 가스공사와 산업자원부가 혈세 400억을 투입해 5년 동안 진행한 초특급 프로젝트였다.

공정거래
위원회

하지만 상용화는커녕 기술 격차가 얼마나 큰지 재확인한 프로젝트에 지나지 않았다.

"어떻습니까. 기술 이전 대가로 이 사안을 매듭짓는 게."

"아무리 국산화 모델이 실패했다지만 2세대 모델과의 기술 격차는 그리 크지 않소. 이걸 국내 기업들이 환영하겠습니까."

"그러니 실장님께 중재를 부탁드리는 겁니다. 2세대 모델을 시작으로 저희는 더욱 많은 기술을 한국 기업에 공유하겠습니다. 한국에는 비 온 뒤 땅이 더 굳어진다는 말이 있다죠. 모쪼록 이번 사태가 양국의 우호를 더 공고히 하는 계기가 되었으면 하는 바람입니다."

능구렁이 같은 놈.

그게 기술 이전의 끝이지 시작이겠는가. 상황을 모면하기 위해 적당한 기술 하나 던져 주는 것이다.

"……."

국내 조선 업계가 이 제안에 응할까?

공정위가 이걸 납득할 수 있을까?

국내 업계도 2세대까진 거의 다 따라잡았는데, 있으나 마나 한 기술 이전을 좋아할 리 없다. 놈들도 KC탱크를 보고 이 정도는 아는구나 싶어서 기술 풀어 버리는 거겠지.

하지만 그럼에도 이 제안을 거절할 수 없었다.

어떻게든 통상마찰은 피해야 한다.

배를 만드는 선박 업체와 그 안에 있는 저장 탱크를 만드는 업체가 서로 거래를 끊으면 당연히 피해는 선박 업체가 더 본다.

"……일단 전달은 해 보겠소."

"말했잖아. 이건 산업부에서 이미 여러 차례 합의를 시도했었다고. 보기 좋게 망신만 당했지?"

"송구스럽습니다. 그래도 최대한 화해시켜 보려 했는데."

준철에게 굴욕적인 얘기를 들었을 때 오 과장은 자기 일처럼 기분 나빠 했다.

기고만장도 이런 기고만장이 없다.

엔지니어링 서비스를 왜 필수로 팔았느냐 물었는데, 자기들은 프랑스 기업이란 대답이 돌아왔다.

"됐다. 잊자. 우리도 그 정도 노력해 봤으면 된 거야."

안 될 걸 빤히 알지만 어쩌겠나.

이런 노력을 해 봤다는 게 중요하다. 과징금이나 시정명령을 내릴 때 근거로 쓸 수도 있는 부분이니까.

"그나저나 국내 조선 업계도 꿍꿍이가 있었다?"

"네. 제게 은근슬쩍 안전성 기준을 얘기하더군요. 국내 기준치가 너무 높아 국부(國富) 손실이 크다고."

"흐허허. 국부라. 누가 보면 사회에 환원할 돈인 줄 알겠군."

"네. 아주 뻔뻔스럽더라고요."

"그래서 뭐라 그랬어?"

"기준치 낮출 생각 말고 기술력 올릴 생각을 하라 했습니다. 아마 다신 얘긴 안 꺼낼 겁니다."

씨알도 안 먹혔겠지. 욕이나 안 먹었으면 다행일 거다.

"이놈이나 저놈이나 쯧쯧. 한 놈은 너무 뻔뻔해서 문제고, 다른 놈은 너무 뻣뻣해서 문제네."

"네. 그 나물에 그 밥들입니다."

"그래도 우열은 가려야지? 둘 중에 누가 더 크게 잘못한 놈이야?"

준철은 일말의 고민도 없이 답했다.

"ATT사의 끼워팔기가 문제입니다."

"결론을 다 내렸나?"

"네. 계약서를 봤는데 불공정한 조항도 다수 있었고, 무엇보다 이 끼워팔기는 해명도 못 들어 봤습니다."

"흠……."

"시정명령과 과징금은 불가피합니다."

문제는 이걸 당연히 불복할 거란 거다.

통상마찰로 이어질 수 있으니 함부로 결정하기도 어렵고.

오 과장의 염려스러운 얼굴에 준철이 덧붙였다.

"근데 저 과장님. 이게 통상마찰로 비화되지 않을 것 같은 근거가 하나 있는데……."

그렇게 말할 때. 갑자기 문밖에서 노크 소리가 들렸다.

"과장님. 국장님께서 찾으십니다."

"뭐?"

"저장 탱크와 관련한 문제라고…… 지금 손님이 찾아오셨답니다."

"손님? ATT야, 조선 업계야?"

"둘 다 아닙니다. 산업통상부 에너지산업 실장님이 오셨다네요."

영문을 몰라 두 사람은 눈만 꿈뻑거렸다.

그 사람이 왜 찾아왔지?

"이 팀장. 통상 얘긴 나중에 마저 듣자. 일단 가 보자고."

"네."

☙

"인사드리게. 산업부 에너지산업실 심연호 실장님이야."

"아, 예. 안녕하십니까."

"실장님. 여기가 이번 사건 실무진입니다."

"반갑습니다."

꾸벅 인사를 하는데, 영 느낌이 좋지 않았다.

어두운 그의 얼굴이 답답한 소식을 전할 것 같았기 때문이다.

하지만 그의 입을 통해서 나온 말은 가슴이 답답한 얘기가 아니라, 피가 거꾸로 솟을 만큼 분한 말이었다.

"그러니까 이걸 통상마찰로 삼아 버리겠다?"

"네. 그쪽은 이미 제스처를 다 취했나 보더군요. 놈들이 다녀간 바로 다음 날 경제재정부에서 공문이 왔습니다."

"공문 내용이 뭐였습니까?"

"원만히 합의되길 바란다 했지만 사실상 당국은 서로 손을 떼자는 말이었습니다."

세 사람은 손에 힘이 꽉 들어갔다.

청와대에서 이런 오더가 내려왔어도 기분이 나빴을 거다.

근데 상대국 산업통상부에서 이런 지시성 공문이 내려오다니.

"실장님. 근데 이건 꼭 그렇게 볼 만한 게 아니잖습니까. 무역 분쟁과는 별개로 저희는 이 문제를 갑질 신고로 접수해 있어요."

"통상마찰이란 게 꼭 그런 직접적인 이유 때문에 벌어지지 않습니다. 특히나 유럽은 에너지 사업과 관련해선 병적일 정도로 집착이 심해요."

"그럼 국내법에 맞춰 건전한 거래를 하면 되는 거 아닙니까."

"……ATT는 시공 작업까지가 로열티라 주장하는군요. 원체 독보적인 기술이니 이건 싸워 봐야 승산 없을 것 같습니다."

심 실장은 곤란한 얼굴을 지우며 자리에서 일어났다.

"암담한 말씀만 드려 죄송합니다. 아무튼 제가 드리고 싶은 말씀은 여기까지입니다. 모쪼록 잘 판단해 주십쇼."

답답한 회의가 끝나고 나자 김태석 국장이 의자에 몸을 뉘었다.

좀체 표정 변화 없던 그가 떫은 감 씹은 얼굴로 변했다.

찌푸린 미간이 모든 걸 말해 준다. 아쉽지만 포기해야 한다는 걸.

공정거래
위원회

질 끝판왕 사망

한명그룹
김성균 본부장

오히려 좋아 (1)

한참 만에 입을 뗀 김 국장은 불만 가득한 목소리였다.

"유럽이 아무리 에너지산업에 미쳤다지만, 우리한테 공문을 보내는 건 무례한 거 아닌가."

산업부의 입장을 납득할 순 없지만 이해할 수는 있다.

공정위 또한 이 문제가 통상마찰로 비화되길 원하지 않는다.

"오 과장. 지금 어디까지 진행됐나?"

"ATT에 소명 요구를 보내 봤는데…… 망신살 톡톡히 뻗쳤습니다. 저장 탱크랑 시공 서비스가 왜 꼭 한 세트냐 물으니, 자신들은 프랑스 기업이란 대답이 돌아왔습니다."

돌아가는 상황을 들었을 땐 마지막 남은 자존심마저 뭉개졌다.

로마에서 로마법 따라 달라는 게 무리한 요구인가? 누가 보면 치외법권이라도 있는 줄 알겠다.

"엉뚱한 대답을 지껄이는 거 보니, 혐의 자체는 부정 못 하나 봐?"

"변명할 거리가 없겠죠. 저희도 각계 전문가들에게 자문을 구해 봤는데, 끼워 팔기는 누구도 부정하지 못했습니다."

죄는 명확해졌지만 이젠 현실적인 결론을 내려야 할 때다.

"ATT에서 기술이전 해 주겠다고 했지? 국내 업체들이 여기에 합의해 줄까?"

"2세대 저장 탱크 기술은 국내 업체도 많이 따라온 줄로 압니다만…… 최대한 설득해 보겠습니다."

두 사람은 입안에 쓴맛이 감돌았다.

국내 업체에 대한 설득, 이건 사실상 합의 종용이다. 수년 동안 돈 뺏기고 괴롭힘당한 학생한테 사탕 하나 받고 화해하란 셈이다. 무능도 이런 무능이 없다.

하지만 어쩌겠는가.

한국 공정위의 영향력은 국내 업체에 한해서만 저승사자다. 그나마 놈들에게 기술이전이라도 받아 낸 게 면을 살릴 수 있는 기회다.

"그냥 더 큰 논란을 방지하기 위한 일보 후퇴라 생각하자. 국내 업체들한테 적당히 잘 설명해 봐."

"네. 알겠습니다."

그렇게 회의가 정리될 때.

"국장님…… 이러면 오히려 좋은데요."

준철이 엉뚱한 말을 꺼냈다.

"뭐?"

"안 그래도 우리만 나서서 심판이 매수됐네, 편파 조사네 말이 많았는데 프랑스 당국에서 나서 주면 고맙죠."

"그게 어떻게 고마운 문제야."

"자기들 입으로 프랑스 기업이라 대답했습니다. 그럼 프랑스 당국에서 ATT한테 소명 듣고 저희한테 전달해 주면 됩니다."

"우리가 지금 논리에 자신 없어서 이러는 거 아니잖아. 다 현실적인 이유가 있는데……."

"어쩔 수 없었다…… 이거 대기업들이 하청 쥐어짤 때 단골로 나오는 말입니다. 저희도 이 변명에 숨어 잘못한 놈 처벌 못 하면, 똑같은 놈입니다."

명백히 한쪽이 잘못한 일이다. 공정위는 이런 문제 단속하라 있는 곳이고.

만약 지금 공정위가 원칙을 포기하고, 힘의 논리에 굴복하면 앞으로 대기업들 상대할 때 위신도 서지 않을 것이다.

"맞공문 보내시죠. 사실 유럽이야말로 이 문제에 대해 절대 개입해선 안 됩니다."

"그건 또 무슨 말이지?"

"EU에서 국내 조선 업계의 합병 심사를 거절한 사례가 있더군요. 1년 전 대웅조선과 우중중공업 합병요. 그때 합병 무산시킨 명분이 바로 한국의 LNG 시장 독점 우려였습니다."

"……그래서?"

"반대로 지금은 저장 탱크 시장을 독점한 ATT가 조선사에 갑질을 하지 않습니까? 이걸 변호한다면 자기모순입니다."

독점을 우려해 합병을 거부한 놈들이, 독점의 횡포에 대해선 묵인한다? 이건 문자 그대로 자기모순이다. 원칙을 칼같이 지키는 EU도 잘못된 것이란 걸 알 거다.

하지만 말처럼 쉽지만은 않다.

에너지산업은 요물이다. 이념, 종교, 사상이 완전히 다른 미국과 사우디를 우방으로 만들기도 하며 2차대전의 숙적을 화해시키기도 한다.

어느 나라든 에너지산업에서 자국에 이익이 되는 문제라면, 원칙을 어기고 예외를 따른다.

"그게 말처럼 쉽진 않을 거다. 산업부가 우리한테 이렇게까지 요청한 건, 유럽 사정이 어떤지 빤히 알기 때문이야."

프랑스 당국에서 건너온 공문만 봐도 알 수 있다.

이건 원칙보단 예외를 따르겠다는 노골적인 의사다.

"그래서 최대한 존중해 줬잖습니까. EU가 합병 거부했을 때, 한국에선 한마디도 항의하지 않았습니다. 그럼 그쪽도 우리 당국을 존중해 줘야 합니다."

딱히 존중이랄 것도 없다. 나쁜 거 바로잡는 지극히 당연한 일이다.

김태석 국장은 무어라 말하려다 말고 잠시 생각에 잠겼다.

"오 과장…… 어떻게 생각해?"

넌지시 묻는 김 국장 목소리는 이미 마음이 흔들리고 있단 걸 보여 주었다.

"같은 생각입니다. 다른 건 차치하더라도 여기서 발 빼면 공정위 위신이 너무 추락합니다."

"……"

"국장님. 명백한 특허갑질도 처벌 못 하면서 어떻게 다른 대기업들을 처벌하겠습니까."

"……"

"원칙만 생각해 주십쇼. 만약 같은 갑질이 국내 기업 간에 벌어졌다면 우린 아작 냈을 겁니다."

김태석 국장은 서류를 쓱 들었다.

"두 사람은 죽이 잘 맞는구만. 그만해라, 정신없다."

그리 쏘아붙이더니 준철에게 서류를 건넸다.

"하자. 산업부한테는 내가 말해서 정식 공문을…… 아니다. 어차피 반대할 게 빤한데 직접 보내는 게 낫겠지. 재수 없으면 프랑스까지 건너가서 우리 사정 설명해야 할 수도 있다."

"네. 통역만 붙여 주시면 제가 직접 가서 EU도 설득하겠습니다."

웃기는 자신감이다. 일개 팀장, 부임 2년 차가 이렇게 쉽게 자신할 수 있는 문제가 아닌데.

하지만 이놈은 인앱 결제 사태 때 미국 연방거래위원장까지 설득했던 놈이다.

"길게 끌어 좋을 것도 없는 문제 빨리 매듭짓자."

"네."

"이번 주 안으로 과징금 계산하고, 시정명령 가져와."

<hr />

계산기 뚜드려야 하는 문제는 꽤 오래 걸렸다.

ATT가 그간 끼워 팔기로 얻은 부당 이익금은 500억이지만, 이 중 얼마를 과징금으로 매길지는 심도 있는 논의가 필요했다. 500억 전부를 과징금으로 매기면 되레 놈들에게 빌미를 주게 될 테니.

반대로 명확하게 보이는 갑질도 있었다.

ATT는 특허권의 유효성을 다툴 경우 일방적으로 계약을 철회할 수 있다는 조항을 달아 놨는데, 이는 즉 명백한 갑질 조항이었다.

'할 수 있는 것부터 하자. 이건 삭제시켜야겠네.'

공정거래
위원회

빅5 조선사들이 왜 철천지원수인 자신에게 고개를 조아렸는지 알 수 있었다.

'불만 드러내면 우리가 일방적으로 계약 철회해 버릴 수도 있다.' 계약서에 이런 내용을 버젓이 박아 놓을 정도면 얼마나 갑질을 당해 왔다는 건가.

공정위는 먼저 시정명령을 내려 갑질 조항에 대해 삭제시키라고 공문을 보냈다. 하지만 의외로 ATT사는 침착한 분위기였다.

"미스터 팍. 이거 뭐 신경 쓸 필요는 없겠지?"

"네. 요식행위입니다. 공정위도 보는 눈이 많은데, 무턱대고 이 사건 덮을 수는 없죠."

"겨우 체면 때문에?"

"우리한텐 체면치레처럼 보이지만, 공정위에겐 그게 위신입니다."

"법조인으로서 이건 어떻게 생각하오? 난 사실 이 조항도 삭제하기 싫은데."

"양보할 건 하는 게 좋습니다. 이 조항은 사실 법원에서 다퉈도 갑질로 판단될 겁니다."

사실 굳이 계약서로 박아 놓을 이유가 없었다.

이게 있으나 없으나 조선사가 반발하면 저장 탱크 납품을 끊어 버릴 테니 말이다. 그냥 누가 갑이고, 을인지를 분명하게 하기 위해 명문화한 조항이었다.

"근데 공정위가 정말 여기에서 그칠까?"

"정황상 그래 보입니다. 만약 공정위가 과징금까지 통보했더라면 처벌 의지가 있다 생각할 수 있으나, 이건 겨우 시정명령이죠."

"그건 그렇지."

"산업부에서도 아직 별말 없었습니다. 분명 저희 뜻 전달했을 테니, 얘기가 정리된 것 같습니다."

말은 그리했지만 박병수 변호사도 찝찝함이 아주 없는 건 아니었다.

만약 시정명령이 끝이 아니라 시작이라면? 이걸 토대로 과징금까지 매기기 시작한다면……?

"사장님. 프랑스 상황은 어떻습니까?"

그리 묻자 마르숑 사장이 미간을 찌푸렸다.

"호의적이진 않소. 사정사정해서 한국 산업부에 공문을 보내긴 했지만 원체 깊게 관여하고 싶은 눈치가 아니야."

"쐐기를 한번 박아 주시면 좋을 것 같은데…… 그건 무리일까요?"

"쐐기?"

"경쟁당국(EU공정위)에서도 이 문제에 나서 주면 한국 공정위의 전의가 더 크게 꺾일 겁니다."

프랑스 재정부의 공문을 얻어 냈으니 이제는 EU다.

미 연방거래위원회 다음으로 파워가 쎈 EU 경쟁당국의 공문이라면 지금 있는 시정명령도 철회할 수 있으리라.

"이건 에너지자원 문제니 EU도 적극 발 벗고 나서 줄 겁니다."

"그놈들은 안 돼. 원죄가 있어."

"한국 조선사들의 합병 거부 말씀이십니까?"

"그래. 합병을 거부한 당사자들인데 어떻게 이 문제에 발 벗고 나서 주겠소. 자기들이 생각해도 웃기다 생각할 거야."

"그래도 에너지자원 문제에 있어선 항상 예외가 있는 법인데……."

"EU 경쟁당국이 한국 조선사 합병을 거부했다 해서 기업 편은 아니오."

굳이 따지자면 EU 경쟁당국은 공정위와 가까운 놈들이지, 기업과 가까운 놈들이 아니다.

이번 사태에 한국 공정위의 편을 들어주지 않는 것만으로도 감지덕지할 문제지.

마르숑은 한숨을 지었다.

"사실 이 문제 길게 가면 나도 장담 못 하오. 공문을 보내긴 했지만."

프랑스 재정부도 바보는 아니다. 국익을 앞세웠지만 이게 사익이라는 건 누구보다 잘 안다.

다만 에너지 관련한 문제는 안보적 의미라 몇 번 거들어 줬을 뿐. 이 문제를 가지고 진짜 통상마찰로 비화시키진 않을 거다.

"근데 그 얘기는 왜 자꾸 묻소. 미스터 팍은 안 된다고 하는 문제에 두 번 물을 사람이 아닌데."

"사실…… 국내 업체들의 반발이 많이 크더군요. 저희가 약속한 기술이전을 다들 거부하고 있습니다."

박병수는 법률 싸움만 하는 게 아니라 물밑에서 부지런히 합의를 시도하고 다녔다.

엔지니어링 서비스 가격 인하, 기술이전 등 여러 조건을 건네 봤지만 국내 조선 업계의 고집은 꺾을 수 없었다.

"다 거부하고 있다?"

"네. 사실 2세대 탱크 기술은 어느 정도 따라온 상태니까요."

"근데 뭐가 걱정이오. 공정위의 반응 봐선 곧 끝낼 것 같다면서."

"최악의 상황을 가정해서 말씀드리는 겁니다. 한국 공정위가 조선 업계 등쌀에 휘말릴 수도 있는 상황요."

마르숑은 뜸을 들였다.

"미스터 팍. 혹시 나한테 하고 싶은 말이 있소?"

"……만약 그 최악의 상황이 벌어지면 그냥 순순히 인정하는 게 어떨지."

"엔지니어링 서비스를 포기하란 말인가?"

"네. 만약 최악의 상황이 오면 과징금을 맞고 고치느냐, 안 맞고 고치느냐가 될 겁니다."

불편한 얘기였지만 마르숑은 슬쩍 웃음을 보였다.

어디까지나 '최악의' 상황을 가정해서 하는 말이다.

"미스터 팍. 신중한 성격은 좋지만 우리 벌어지지도 않을 일을 가정해 우려를 키우지 맙시다. 그건 그때 가서 생각해도 늦지……."

그때 다급하게 노크 소리가 들리며 ATT 한국 대표가 들어왔다.

"사, 사장님. 공정위에서 과징금을 발표했습니다."

"뭐?"

"130억…… 이게 공정위 최종 결정이랍니다."


다음 권으로 이어집니다

ROK
MEDIA
롤미디어

송장벌레 신무협 장편소설

# 귀신같은 창귀槍鬼가 돌아왔다,
# 때 묻지 않은 어린 시절의 몸으로!

피로 몸을 씻던 전장의 말단 독종
구르고 굴러 지고의 경지까지 올랐으나……

혈교의 혈겁을 막기 위한 회귀인가
의형제의 복수를 위한 회귀인가
알 수 없다
전생에서 그를 막던 모든 것을 치울 뿐

"내 의형의 가슴팍을 칼로 도려내기도 했고?"
"무, 무슨 소리야…… 그런 적 없어!"
"그런 적 있어. 기억은 안 나겠지만."

# 매 걸음마다 피도 눈물도 없는 전투
# 세상 모든 것이 그를 꺾으려 든다!

# 빌런 경찰 이진우

이해날 현대 판타지 장편소설

『어게인 마이 라이프』 작가 이해날의
뒷목 잡는 특제 막장 복수극이 펼쳐진다!
『빌런 경찰 이진우』

인수합병을 통해 굴지의 대기업 진백을 세운 백동하
임종의 순간, 믿었던 가족과 친구에게 배신당하고
과거와 미래를 보는 능력을 가진 경찰 이진우로 깨어나다!

배신자들에게 지옥을 보여 주기로 결심한 진우는
특별한 능력과 기업사냥꾼으로서의 지식을 활용해
경찰로서 진백을 공략하기 시작하는데……!

전직 회장이 보여 주는 기업사냥의 진수!
상상을 뛰어넘는 대기업 흔들기가 시작된다!

# 꿈의 도약, 로크에서 하십시오
# (주)로크미디어에서 신인 작가를 모십니다

즐거운 세상, 로크미디어는 꿈을 사랑하고 도전을 두려워하지 않는 작가 분들의 참신한 작품을 기다리고 있습니다. 21세기 장르 문학계를 이끌어 갈 차세대 선두 주자 (주)로크미디어에서 여러분의 나래를 활짝 펴 보시길 바랍니다.

**모집 분야** 판타지와 무협을 포함한 장르 문학
**모집 대상** 아마추어 작가, 인터넷 작가
**모집 기한** 수시 모집

**작품 접수 시 유의 사항**

1. 파일명은 작가명_작품명.hwp형식을 갖춰 주십시오.
1. 파일에 들어갈 내용은 다음과 같습니다.
   − 성명(필명인 경우 실명을 밝혀 주세요), 연락처, 이메일 주소.
   − 제목, 기획 의도.
   − A4 용지 1장 분량의 등장인물 소개.
   − A4 용지 2장 분량의 전체 줄거리.
   − 본문.
1. 작품이 인터넷에 연재되고 있다면, 게시판명과 사이트의 구체적이고 정확한 주소를 기재해 주십시오.

선택된 작품은 정식 계약 후 출판물로 간행되어 전국 서점에 유통됩니다.
작가분은 (주)로크미디어의 전폭적인 지원하에 전속 작가로 활동하시게 됩니다.
※ 자세한 내용은 로크미디어 홈페이지(rokmedia.com)를 참조하세요.

(04167)서울시 마포구 마포대로 45 일진빌딩 6층
(주)로크미디어 편집부 신간 기획 담당자 앞
전화 : 02 − 3273 − 5135
www.rokmedia.com     이메일 : rokmedia@empas.com